La Tierra de los Antiguos Dioses Vyrajianos

La Joven y el Cazador

Libro 1.

Elena Kryuchkova, Olga Kryuchkova

Traducido por Santiago Machain

"La Tierra de los Antiguos Dioses Vyrajianos. La Joven y el Cazador. Libro 1".

Escrito por Elena Kryuchkova y Olga Kryuchkova

Editorial Tektime

www.tektime.it

Traducido por Santiago Machain

Libro 1. La Joven y el Cazador

Esta historia es ficción y fantasía. Y cualquier similitud con personas o hechos reales son coincidencias.

Esta historia es completamente de ficción.

Oración del antiguo eslavo

Creo en Rod Todopoderoso, el Unigénito y el Grande en varias formas de Dios, el origen de todas las cosas vivas y no vivas, que es el origen de lo Eterno para todos los Dioses.

Sé que el Mundo es una Rod, y todos los Dioses del mismo nombre están conectados en él.

Yo creo en la trinidad del ser del Prav, Yav y Nav, y que el Prav es la Verdad, y contada a nuestros Padres por nuestros Antepasados.

Sé que Prav está con nosotros, y Nav no tiene miedo, porque Nav no tiene poder contra nosotros.

Creo en la unidad con nuestros Dioses Nativos, porque los nietos de Dazhbog somos los favoritos de los Dioses. Y los dioses mantienen su mano derecha en nuestros arados.

Sé que la vida en la Gran Rod es eterna, y debo pensar en lo eterno, caminando por los senderos de Prav.

Creo en la fuerza y la sabiduría de los Ancestros que nacen entre nosotros, conduciendo al bien a través de nuestros Guías.

¡Sé que el poder está en la unidad de las familias de Prav[1] glorificando, y que llegaremos a ser gloriosos, glorificando a los Dioses Nativos! ¡Gloria a Rod y a todos los Dioses que existen en él!

Prólogo

Sobre la ciudad sagrada de Radogosh, situada en el monte Alatyr, que se encontraba en la espesura de un bosque, se acumulaban las nubes. El ambiente entre sus habitantes se estaba enrareciendo. La tensión ha estado en el aire durante mucho tiempo, pero últimamente no ha hecho más que intensificarse. Los habitantes de la ciudad sagrada, los vyrajianos, aquellos a los que los eslavos veneraban como sus «dioses», estaban pasando por momentos difíciles. Pues el culto a Logos estaba ganando fuerza en las tierras occidentales que se encontraban más allá del río Alba.

El culto a Logos se consideraba joven, ya que sólo había aparecido hace unos siete siglos. Pero, a pesar de ello, el culto recién surgido empujó a los antiguos dioses germánicos y escandinavos, hundidos en el olvido, y alcanzó su cenit. E incluso Rod, el creador de toda la vida y la existencia en las tierras de los eslavos (vyrajianos de nacimiento), que fue el primero en descender a la Tierra en un Huevo de Oro hace más de cinco milenios. Que fue adorado por los eslavos occidentales y lo consideraron su antepasado. Y su nieto Dazhbog fueron olvidados, dando paso a dioses más jóvenes.

Los seguidores de Logos se unieron en órdenes sagradas, la Cruz de Oro en la tierra de los francos, y luego en Sajonia, Baviera, Turingia. Y en el noroeste -en Dinamarca, las tierras de los noruegos y los suecos- la orden de los mantos blancos, que era el hermano menor de la orden franca de la Cruz de Oro.

Al principio, la influencia de Logos no molestó a los vyrajianos. No daban importancia al joven culto del débil dios. Los vyrajianos no podían imaginar que, según sus criterios, pasaría muy poco tiempo y el joven dios adquiriría una fuerza y un poder sin precedentes. En su nombre, se emprenderán campañas contra los paganos, profesando el politeísmo, para convertir a los paganos a su fe.

La joven y agresiva religión, como una plaga, se extendió desde las tierras de los eslavos de la ribera occidental hacia el territorio de los militantes alemanes, francos, daneses y escandinavos, devorando las mentes de los pueblos europeos.

Ahora el culto al Logos se volvía más peligroso que nunca. La Orden de la Cruz de Oro erigió poderosas fortalezas como

Hambrurgo, Linsburgo y Magdeburgo en la orilla izquierda del río Alba. Los cruzados reunieron sus fuerzas en un poderoso puño, preparándose para una campaña decisiva contra los paganos, no queriendo ya hacer simples incursiones en los territorios eslavos. El Meister de la Orden de la Cruz de Oro, Heinrich von Bassenheim, famoso por su sofisticada crueldad e intransigencia con los paganos, recibió el apoyo del mismísimo Gregorio IX, Alto Obispo de Aviñón, encarnación viviente de Logos en la Tierra.

Friedrich von Hogerfest, el Landmeister de la Orden de la Cruz de Oro, cuya residencia se encontraba en Hammaburg, y Eric von Linsburg, el Landkomtur de Linsburg, apoyaron firmemente a su patrón en sus esfuerzos. Y soñaban con conseguir la completa sumisión de las tierras eslavas. El Gran Maestro Dietrich Voltingen, líder de la orden danesa de los Capas Blancas, no se mantuvo al margen. Hacía tiempo que había llamado la atención sobre la sagrada isla eslava de Rügen y soñaba con construir en ella una base para su flota.

Este estado de cosas era extremadamente preocupante para los vyrajianos. Estaban deprimidos en su ciudad sagrada de

Radogosh, abrumados por pesados pensamientos sobre el futuro. Se preguntaban cada vez más: ¿qué ocurrirá si las tribus eslavas orientales que viven más allá del río Alba, tarde o temprano, toman fe en Logos? ¿Y dejan de rezar a sus dioses, los vyrajianos? En efecto, sin la veneración de la gente, sin la energía liberada durante la oración, los vyrajianos perderán fuerza. Su fuerza vital se debilitará, los Vyrajians se convertirán gradualmente en personas mortales ordinarias. Y, al final, sus días en este mundo llegarán a su fin.

Por desgracia, el tiempo avanzó. ¿Cuántos dioses se han hundido en el olvido? Sus nombres se han olvidado. Y muchos vyrajianos dejaron este mundo, que no llegó a ser su hogar completo.

Así que después de Rod y Dazhbog muchos dioses se fueron al Otro Mundo, su energía vital terminó, los mortales no les ofrecieron más oraciones. Con el tiempo, los eslavos se olvidaron de los antiguos dioses, su lugar fue ocupado gradualmente por nuevos dioses de entre los descendientes de los primeros vyrajianos. Sin embargo, siglos después, su destino se volvió poco envidiable.

Capítulo 1

De la vida de los vyrajianos. La ciudad sagrada de Radogosh.

El vyrajiano Veles estaba sumido en la tristeza por un motivo completamente distinto al de otros vyrajianos.

Por el momento, al poeta y narrador no le importaba en absoluto la difusión activa del culto a Logos. Ni siquiera pensaba en el destino de los vyrajianos, junto con el Radogosh Sagrado. A los vyrajianos que una vez fueron a los antepasados, que una vez habitaron Radogosh, los percibió más como vecinos que como familia. Y los vecinos pueden cambiar...

El motivo del abatimiento de Veles era exclusivamente creativo. Veles quería escribir poesía. Quería recitar sus creaciones al público con una pasión obsesiva. Pero sólo los habitantes de Radogosh, los vyrajianos, podían actuar como ellos. Y su número, que, con la aparición de la Orden de la Cruz de Oro en tierras eslavas, ha disminuido considerablemente en los últimos tiempos. Y los hermanos y hermanas estaban demasiado preocupados, según Veles, por el culto a Logos. Y no le prestaron ninguna atención. Veles sufrió... Sufrió en silencio. Y, como toda naturaleza creativa, y egoísta, se sentía infeliz, y su corazón estaba herido.

Un Veles entristecido vagaba por las calles desiertas de Radogosh, sosteniendo con tristeza un pergamino cubierto de inscripciones rúnicas. El viento lanzaba hacia él hojas caídas, amarillas, rojas, marrones... El otoño ha llegado.

Veles se encogió de frío, su ligero caftán claramente no calentaba con las ráfagas de viento del norte. Sin embargo, no quería volver a la cámara familiar de Triglav. Demasiado cansados eran los lamentos de las hermanas. Los debates de los hermanos son intolerables... Y el despotismo de Triglav, que se consideraba el sucesor de Rod, es simplemente odioso. Por eso, Veles prefirió el frío al calor de la recámara familiar, en la que ardía un hogar caliente. Y Rozhanitsy, bajo la dirección de Mokosh, probablemente preparaba té de hierbas caliente.

En la memoria de Veles, Radogosh fue una vez una ciudad populosa. Hace sólo seiscientos años, cuando las posesiones eslavas se extendían a lo largo de la orilla izquierda del río Alba, muchas familias de vyrajianos vivían en Radogosh. Y varias tribus eslavas los veneraban como dioses.

Una nueva fe en el dios único Logos, que promete la inmortalidad mediante el renacimiento del alma en la próxima vida, se originó en las tierras de los eslavos de la orilla izquierda hace unos 575 años. Poco antes, el líder de uno de los clanes de los vyrajianos, Dyi, al que los eslavos veneraban como dios del cielo nocturno, expulsó a Uslad de Radogosh.

Uslad era inteligente y guapo, conocía muy bien la antigua magia de los vyrajianos, gracias a la cual abastecía a la ciudad de agua potable. Sin embargo, el deseo de los placeres carnales prevalecía sobre la mente de Uslad. En aquella época, los clanes tenían derecho a resolver de forma independiente sus problemas internos. El hermano mayor de Uslad soportó los suyos durante mucho tiempo. La gota que colmó el vaso fue la seducción de su hermana menor Zimzerla, la diosa del amanecer. Y por decisión del clan Uslad fue expulsado de Radogosh.

A partir de ese momento, las enseñanzas de Logos se extendieron rápidamente entre los eslavos de la orilla izquierda, y luego penetraron en el territorio de las tribus germánicas, francas, danesas y escandinavas. Pronto, en la ciudad franca de Aviñón, se formó la Orden de la Cruz de Oro, que predicaba la fe en Logos.

Además, los eslavos occidentales, los primeros en rendir culto a Logos, comenzaron a asimilarse activamente con las tribus germánicas. Y así atraer a los vecinos en su nueva fe.

Uno de los más antiguos de Radogosh era considerado el clan de Avsen, que criaba con éxito caballos, una raza especial. Las tribus eslavas que vivían en la orilla izquierda del Alba asociaban su nombre con el cambio de estaciones. Creían que Avsen patrocinaba el comienzo del ciclo solar de primavera y la cosecha. Los eslavos le han rezado hasta ahora. Por ello, Avsen fue el único que sobrevivió del clan más antiguo. El resto de sus miembros perecieron en el olvido. El palacio de Avsen estaba cerca de los establos. Y el viejo canoso, pero todavía fuerte físicamente, Vyrajian, diariamente, para ahogar el dolor de la pérdida, cuidaba de sus caballos brillantes como el fuego, con largas crines blancas como la nieve.

El clan de Agunya, al que los eslavos veneraban como el dios del fuego terrenal, también sufrió pérdidas irreparables. Fallecieron Badnyak, Bozhich, Germán, Dabog. Sus esposas e hijos, por desgracia, no pudieron soportar la antigua grandeza de sus padres, y fueron tras ellos a los antepasados. Y el pequeño clan de Agunya se unió al clan de Perun.

El clan de Zybog desapareció por completo. Su lugar en el panteón de los eslavos lo ocupó la Madre Tierra Húmeda. Los clanes de Ipabog y Nemiz sufrieron el mismo triste destino. La fe en los antiguos dioses fue muriendo, su lugar fue ocupado por nuevas deidades. Y a veces un nuevo dios concentraba en sí mismo las funciones de dos o incluso tres dioses antiguos para poder sobrevivir. La fe en un dios así podía ser, por desgracia, efímera. Y después de algún tiempo, tal dios se iba inevitablemente con sus antepasados al Otro Mundo.

Tras los clanes de Ipabog y Nemiz, otro clan de Dyi, el dios del cielo nocturno, se fue al Otro Mundo.

El clan de Perun, que era adorado por los volhinianos y los polacos, y el clan de Triglav eran considerados en Radogosh como uno de los más antiguos y fuertes. Poseían plenamente los secretos de la magia vyrajiana, por desgracia, parcialmente perdidos por muchos clanes debido a los matrimonios con mujeres mortales eslavas.

Uno de los ejemplos de tal relación amorosa hace trescientos años fue el nuevo clan Fuego Knyaz, que nació de Molonya, la bella Knyaginya, y del poeta y narrador Veles.

Durante mucho tiempo, el consejo de Radogosh decidió: ¿deben aceptar un niño en la ciudad? O dárselo a una madre mortal, para que lo criara. Finalmente, Sirin, que se enteró del amor de Molonya y Veles, defendió al niño y su voz fue decisiva. Desde entonces, los niños nacidos de mujeres mortales de los vyrajianos han encontrado su hogar en Radogosh.

Su vida no era larga comparada con la de los vyrajianos, pero a pesar de ello vivían mucho más que un mortal ordinario. Sin embargo, los mestizos heredaban algunas habilidades mágicas.

La relación entre Veles y su hijo Fuego Knyaz no era buena. Veles no sentía el más mínimo amor paternal por su vástago. Respondía a su padre con una acentuada frialdad. La mestiza del Fuego Knyaz fue mucho más corta que la vida de Veles... Debido a que Logos ganaba fuerza, y los cruzados atormentaban constantemente las tierras eslavas con sus incursiones. Cautivaron a hombres, mujeres y niños, los convirtieron a su fe, Radogosh durante varios siglos se convirtió gradualmente en una ciudad cada vez más desierta. Sólo sobrevivió un clan de los vyrajianos, encabezado por el más sabio Triglav, el hermano del clan, cuyo culto aún era venerado. Sin embargo, los parientes de Triglav sintieron la falta de energía y, por desgracia, se debilitaron gradualmente. El clan Perun sufrió importantes pérdidas, pero sobrevivió. Recientemente, Perun se enteró de la relación amorosa de su esposa Dodola y el poeta Veles, el famoso rompecorazones de Radogosh. Y si no fuera por la intercesión de Magura (la hija de Perun y Dodola) ante su padre, el furioso y celoso progenitor incineraría a su esposa y a su amante poeta.

A pesar de que el mundo que rodeaba a los vyrajianos en la Tierra y que se había convertido en habitual se estaba desmoronando, Veles se esforzaba por no notarlo.

Sin embargo, en los últimos tiempos, Veles sentía cada vez más agudamente cómo perdía fuerzas. Componer historias se ha vuelto cada vez más difícil. Además, los vyrajianos supervivientes no querían escucharle. El poeta comprendió que sólo pasarían veinte o treinta años e iría a los antepasados. Los jóvenes cada vez le ofrecían menos oraciones, prefiriendo no escribir poesía a sus amadas, sino ganarse su corazón de otra manera. Por ejemplo, con regalos caros o con una demostración de su fuerza.

Incluso su amante Ziva (viuda de Dazhbog) ha preferido últimamente la compañía de los belicosos hermanos Radegast y Ruevit. Por alguna razón, Ziva encontraba algo de lo que hablar con ellos, pero no con Veles. Especialmente con Ruevit, que cambiaba de cara siete veces al día y esto divertía a Ziva, permitiéndole al menos un breve descanso de los problemas cotidianos. Veles no entendía nada. Ni siquiera sospechaba que Ziva estaba al tanto de su relación amorosa con Dodola. A pesar de que Magura lo protegía frente a su padre, ella, por supuesto, acudió a Ziva y le contó el amor de Veles y su madre. Impactada por el engaño de Veles, Ziva no supo qué hacer. Al principio quiso abalanzarse sobre el traidor y arañarle la cara con sangre. Después, quiso arrojarse desde el alto muro de la ciudad y acabar con su vida. Sin embargo, el consejo de Magura era sencillo: Ziva debía mantener su dignidad femenina y simplemente ignorar a Veles. Y así lo hizo...

Así que ahora le parecía al poeta que el mundo entero estaba unido contra él. Y que su amante prefería a otro hombre.

Veles se alejó bastante de la cámara del clan. Una débil voz femenina le llamó. El poeta se dio la vuelta: estaba frente al palacio, que antaño pertenecía al clan de los Troyanos.

Una frágil figura de Tarusa era visible en la amplia puerta.

Vyrajian estaba pálida, sus ojos ardían con un fuego doloroso.

—¡Tarusa! —exclamó el sorprendido Veles. —¿Estás enferma?

—Me estoy muriendo lentamente..., —respondió la Vyrajian con calma. —Mi vitalidad se está agotando. Por favor, entra en la cámara. Léeme poesía...

Veles obedeció. Entró en la cámara, en la que reinaba el frío y el crepúsculo. El hogar no se había encendido durante mucho tiempo. Sin embargo, Veles distinguió claramente: cerca del hogar sin calefacción había una cama, cubierta con una manta de piel. En ella yacían dos vyrajianos: Barma y Pripekala, a los que las fuerzas habían abandonado. A Veles le rodeaba el miedo, la desesperación, el odio a las leyes de los vyrajianos, que no les permitían interferir en el curso de los acontecimientos terrenales. Aunque anteriormente los vyrajianos, gracias a su magia, proporcionaron a los eslavos muchos conocimientos, numerosas tribus los adoraron en su día. Pero, de hecho, los vyrajianos se convirtieron poco a poco en meros observadores externos. Al principio, a cambio del conocimiento, los vyrajianos recibían la energía vital que necesitaban, que emanaba de las oraciones de los mortales. Luego la oración se convirtió en parte de la vida de los eslavos, los vyrajianos fueron adorados como dioses, alabándolos constantemente, erigiendo templos en su honor.

De repente, Veles sintió emoción y desesperación. Lo que con tanto cuidado trató de evitar durante muchos años -la muerte de su tribu- está ahora ante él. Una vez los vyrajianos llegaron a este mundo jóvenes y fuertes. Todos los clanes estaban juntos, y esto les permitió combinar los poderes mágicos y construir Radogosh. Ahora, los Vyrajians se han convertido en simples mortales. Y todos fallecieron en silencio en las paredes de las cámaras del clan.

Veles se esforzó por contener las lágrimas. En este trágico momento, se dio cuenta de la gravedad y la desesperanza de la situación de su tribu, y... de la suya propia. Sin las oraciones del pueblo, todos los vyrajianos perecerán.

—¿Qué está sucediendo? ¡Todos moriremos si no nos enfrentamos a Logos! —exclamó con fervor.

—No tenemos derecho a intervenir en el curso de los acontecimientos, —dijo Tarusa de forma apenas audible.

—Este Logos absorbe la energía humana, llegó una voz desde la cama. Barma apoyó a su mujer.

Casi un siglo después de la expulsión de Uslad de Radogosh, los vyrajianos creían que él era Logos. Al igual que, Uslad con la ayuda de la magia logró entrar en confianza en las tribus eslavas de la margen izquierda, luego subyugó su mente a su voluntad, les hizo olvidar a los antiguos dioses. Y ganó muchos seguidores que le ayudaron a sobrevivir, le alimentaron con la energía de la oración.

Pero los observadores Alkonost, Sirin, Gamayun y Semargl consiguieron llegar a la verdad y llevaron noticias decepcionantes a Radogosh. Informaron a los jefes de los clanes supervivientes de que Logos es una criatura de otro mundo, es, ante todo, una especie de entidad energética, que infunde en una persona, capaz de subordinar la mente de esa persona a su voluntad. Y el exiliado Uslad terminó su vida como un simple mortal, dejando muchos hijos. Cada uno de ellos heredó una parte de la magia de su padre.

—Puede trasladarse a otros cuerpos, —especificó Pripekala con voz débil y temblorosa. —Pero no podemos deshacernos de él por mucho que lo intentemos. No importa cómo intentemos atraer la atención de los eslavos: Logos avanza. Es más fuerte que nunca.

—Léenos tus poemas, —pidió Tarusa y se sentó en un amplio banco de madera.

—Léelo—, se hicieron eco Pripekala y Barma.

—Si ya vas con los antepasados, entonces bajo tu gran charla, Veles, —intentó bromear Barma.

—Bien... Que así sea. Veles desplegó un rollo de pergamino y, con auto-olvido, comenzó a recitar su nueva composición a los moribundos vyrajianos.

Cuando el poeta enmudeció, pronunciando las últimas estrofas, Pripekala y Barma dejaron escapar su último aliento. Tarusa se levantó a duras penas del banco, se acercó al palco en el que yacían su marido y su hermano y cayó de rodillas. Recientemente, los hijos de Tarusa Man y Manya también fallecieron.

El propio Barma hizo una pira funeraria para sus hijos. Y entonces llegó su hora.

Veles estaba perdido.

—Que Triglav ordene hacer una pira funeraria, —dijo Tarusa -entre lágrimas- con dificultad. —Él, Perun y Avsen son los últimos jefes de los clanes. Pido que honren la memoria de mi esposo y hermano con una comida conmemorativa.

Veles enrolló el pergamino y se acercó al lecho de los vyrajianos que habían partido hacia los antepasados.

—Descansen en paz, hermanos, —dijo, y salió de la cámara.

Veles caminó lentamente por la ciudad desierta hasta la cámara del clan.

Era de noche. El sol otoñal del atardecer iluminaba con sus últimos rayos los bosques rojizos situados en los alrededores de Radogosh.

Pero, a pesar de su vacío, la ciudad era hermosa a su manera. Sus murallas, que acariciaban los rayos del atardecer, estaban decoradas con un mágico hierro amarillo que las hacía inexpugnables. Los observadores -Sirin, Semargl y Gamayun- se elevaban en el cielo sobre la ciudad y desde el vuelo de un pájaro veían a veces a los peregrinos que se acercaban a la morada de los dioses. Se postraban ante la belleza de las doradas, según creían, murallas de la ciudad.

Los peregrinos pensaban que las Piedras del Arco Iris de las altas torres de la ciudad eran joyas. Aunque las piedras no eran joyas, sino magia. Y si era necesario, podían rodear Radogosh con una cúpula especial para que cualquiera que se acercara a ella viera una montaña gris lisa en lugar de la ciudad.

Veles caminó por la plaza central donde antes se reunía la asamblea, Veche.

En uno de los callejones, un rayo que emanaba de la plaza, Veles se fijó en su querida Ziva. Sin duda, la capa que brillaba al lado del color esmeralda, adornada con piel de zorro, ¡le pertenecía a ella!

Ziva, como todos los habitantes actuales de Radogosh, sentía claramente la falta de energía y perdía gradualmente las fuerzas. Sin embargo, intentaba no refunfuñar contra el destino. A veces, Ziva acudía a dos hermanas de Rozhanitsy para que le adivinaran los hilos del destino, enrollándolos en grandes husos de madera.

Los eslavos orientales aún veneraban a Ziva como diosa de la vitalidad y la fertilidad. Antaño, fue una de las que enseñó a los antepasados de las actuales tribus eslavas a cultivar la tierra, sembrar grano y cosechar.

Pero ahora Logos, a través de las incursiones de los cruzados, se abrió paso hasta la orilla derecha del Alba. El monoteísmo fue plantado por el fuego y la espada. Las aldeas de los eslavos ardieron en llamas, los caballeros llevaron cautivos a mujeres, hombres y niños. Los ancianos fueron simplemente asesinados. Los prisioneros fueron transportados a través de Alba, donde los sacerdotes locales los convirtieron a una nueva fe. Sin embargo, no muchos renunciaron fácilmente a los antiguos dioses eslavos. Pero creyendo formalmente en Logos, mentalmente, como antes, rezaban al panteón familiar. Por desgracia, esa oración no tenía la fuerza necesaria para sostener la vida de los dioses vyrajianos.

Veles sintió un pinchazo de conciencia, deteniéndose por un momento en la confusión.

—Ella lo sabe todo sobre mi relación con Dodola, —pensó. —Entonces, por supuesto, hay una explicación para su comportamiento. Debo hablar con ella a toda costa, —decidió Veles y se apresuró a seguir a Ziva.

Caminaba despacio, aparentemente ralentizando su paso de forma deliberada.

Ziva estaba preocupada por el engaño de Veles. Ella creía que Dodola era mucho más hermosa y proporcionaba a los eslavos habilidades mucho más útiles que la esposa de Perun.

Los eslavos adoraban a Dodola como la diosa de la lluvia. Ya en la antigüedad, enseñaba a los ancianos eslavos a profetizar la lluvia. Con el tiempo, este conocimiento de las tribus eslavas se perdió, y ahora Dodola era simplemente venerada como la diosa a la que se rezaba durante la sequía.

Todos en Radogosh conocían la simpatía de Dodola por Veles y estaban seguros de que la iniciativa procedía principalmente de ella. Antes de su relación con Veles, Dodola intentó seducir al apuesto Ruevit, pero éste conocía bien el mal carácter de su marido, por lo que rechazó el «cortejo». Por desgracia, Veles no pudo resistirse a los encantos de Dodola y acabó sucumbiendo al amor prohibido.

Sin embargo, el poeta Veles tuvo una circunstancia atenuante. Engañó a su amada, sucumbiendo a la tentación, porque Ziva se fue al mundo de las personas con una misión de observador. Cuando Ziva regresó, se enteró del engaño de Veles por parte de Magura: la ira de Ziva fue terrible, y el resentimiento contra Veles, fuerte. Desde ese día, Ziva ignoró hábilmente a Veles, pero su corazón sufrió.

Veles intentó repetidamente hacer las paces con su antigua amante, pero ella se mantuvo inflexible.

Entonces Dodola, después de que Perun se enterara de su traición, hizo las paces con su marido rápidamente. Por supuesto, al principio se maldijeron fuertemente, golpearon platos de barro en el suelo y en las paredes de la cámara, Perun quiso incinerar a su mujer y a su amante, pero al final se calmaron, la pareja finalmente se reconcilió. Pero Ziva no tenía intención de perdonar a Veles tan rápidamente.

Los sensibles oídos de Ziva escucharon unos pasos que se acercaban.

—¡Veles!, —adivinó inmediatamente. Y no se equivocó.

El poeta alcanzó a su antigua amante.

—Ziva, cariño, —comenzó Veles de forma congraciada.

—¡No quiero escucharte! La vyrajiana le interrumpió con decisión y aceleró el paso.

—Quería ofrecerte una reconciliación, —continuó Veles, aferrando tímidamente un pergamino en sus manos.

—Y yo dije: ¡nunca! ¡Ve con tu Dodola! ¡Deja que te caliente en su magnífico busto! Ziva se enfadó.

Veles agachó la cabeza.

Bueno, ¿quizás al menos escuches mis obras? Hace poco escribí nuevos poemas, —sugirió tímidamente Veles, sintiendo que por la mirada furiosa de Ziva, sus entrañas se tensaban.

—¡Además, no tengo intención de escucharte! —respondió Ziva con decisión, tras lo cual se dio la vuelta y siguió adelante.

Sin embargo, tras una docena de pasos, Ziva se enfadó consigo misma: "¿Por qué le he vuelto a rechazar? ¡Ya está suficientemente castigado!" Sin embargo, no pudo regresar: el orgullo femenino herido no se lo permitía.

Veles inclinó tristemente la cabeza: "¿Y si Ziva se pierde para siempre para mí?" Pisó su sitio y decidió volver a la cámara del clan para empezar a escribir un libro sobre cómo, hace 5525 años, llegaron a este mundo los habitantes de la ciudad de Radogosh, o Vyrajianos, a quienes la gente adoraba como dioses. Los eslavos llamaron a este fenómeno el descenso del Dios del Clan a la Tierra en un Huevo de Oro, y comenzaron a llevar la cronología desde ese momento.

En realidad, los vyrajianos no eran dioses, sino criaturas de otro mundo llamado Vyraj. Exteriormente, parecían personas, pero poseían una civilización más avanzada, poseían magia, pero lo más importante es que necesitaban constantemente energía vital.

La alimentación constante de energía vital reforzaba la magia de los vyrajianos, les daba juventud eterna, buena salud y les permitía curar las heridas más rápidamente. En su mundo natal, Vyraj, recibían energía de manantiales mágicos que parecían manantiales de agua, pero en lugar de agua, la energía fluía en forma líquida, que los propios vyrajianos llamaban Vatten. Bebían Vatten y se bañaban en él.

Pero el mundo de Vyraj era un desastre. Asgard, uno de los estados de Vyraj, descubrió un archipiélago hasta entonces desconocido, literalmente repleto de manantiales mágicos de Vatten. Sin embargo, otros estados que también necesitaban energía mágica exigieron que Asgard compartiera el hallazgo. Asgard se negó categóricamente. Y entonces estalló una destructiva guerra mágica: Vyraj murió.

Los vyrajianos decidieron abrir pasajes a otros mundos, embarcar en las naves con forma de huevo de oro y abandonar su mundo natal para siempre. Así, los vyrajianos se dispersaron por distintos mundos. Un clan de la tierra de Gardarika abrió un pasaje mágico a la tierra de los eslavos.

En el nuevo mundo, en la tierra de los eslavos, los vyrajianos fundaron la ciudad de Radogosh, llamada así por la capital, el hogar ancestral, que abandonaron para siempre.

Los antiguos habitantes de Asgard, dirigidos por el líder Odín, también se trasladaron con los vyrajianos desde el estado de Gardarika. Algunos de ellos se asentaron en el territorio de las tribus germánicas y otros se dirigieron a Escandinavia, donde fundaron la ciudad del mismo nombre. Numerosos habitantes del Avalon Vyrajiano descendieron en sus barcos a las tierras de los pictos y escotos salvajes.

Los habitantes de los recién creados Radogosh, Asgard y Avalon no sabían qué había pasado con los vyrajianos, que se habían ido a otros mundos diferentes de la Tierra. Sin embargo, los vyrajianos, habiendo encontrado una nueva patria, comprendieron: su edad no será larga, porque esta tierra carece de manantiales Vatten. Entonces el clan, Odín y Danu (líder de Avalon) abrieron un nuevo manantial, el llamado «Vatten terrestre», la energía psico-emocional de la oración.

Como los eslavos, los germanos y los francos se encontraban en un nivel de desarrollo inferior, comenzaron a deificar a los vyrajianos y a adorarlos como dioses. A pesar de la ley que prohíbe interferir en la vida de otras civilizaciones, los vyrajianos llegaron a la decisión de que por el momento podían desviarse un poco de las reglas. Los vyrajianos compartían con la gente los conocimientos más simples y vitales, acelerando así el desarrollo de su sociedad. Los vyrajianos enseñaron a la gente a cultivar la tierra, a criar ganado, a construir casas, a coser ropa y zapatos, y muchas otras cosas necesarias. Después, los vyrajianos no intervinieron en el desarrollo del mundo de las personas, sino que se limitaron a observarlo.

Ya acercándose a la cámara del clan con sus pensamientos, Veles se fijó de repente en Mokosh. Se la consideraba entre los eslavos la diosa de la fertilidad, porque en su día fue una de las que les enseñó la agricultura. Y también era venerada entre ellos como la diosa del tejido y el hilado, porque una vez había dado una parte de sus conocimientos a las tribus eslavas. En algunas tribus eslavas, también se la veneraba como la diosa del destino, porque tenía el don de adivinar el futuro.

De vez en cuando, Mokosh honraba a Veles con su atención y escuchaba sus trabajos. Al volver a la cámara del clan, Veles se precipitó inmediatamente hacia Mokosh.

—¡Mokosh! —exclamó Veles, acercándose a ella. Ansiaba no sólo leerle sus nuevas obras, sino también compartir lo sucedido con Pripekala y Barma. Aunque la salida de la vida de los vyrajianos en Radogosh hacía tiempo que estaba acostumbrada.

—Oh, Veles, ahora no, —le espetó Mokosh. Ella, al igual que los demás habitantes de Radogosh, estaba deprimida y tenía pensamientos sombríos sobre el futuro.

—¡Mokosh! ¡Querido Mokosh! Escúchame, ¡por favor! —pidió Veles de nuevo; el alma del poeta requería atención.

Pero, por desgracia, a Mokosh no le importaba ahora Veles.

—Lo más probable es que todo acabe en guerra, o en intervención, —pensó Mokosh en voz alta, ignorando el alma del poeta, que deseaba atención.

La mención de la intervención o la guerra alarmó a Veles.

—¿Guerra o intervención? —se agitó.

—Si el culto a Logos sigue extendiéndose tan rápidamente, todos moriremos. Ya somos demasiado pocos—, respondió Mokosh. —¡Deberíamos violar el principio de no interferencia! ¡Pero Triglav está en contra! Se considera el heredero de Rod.

Veles bajó la cabeza.

—Estaba en el palacio de Dyi. Accidentalmente deambulé... Tarusa me pidió que leyera poesía.

Mokosh alzó las cejas, sorprendido. El estado de ánimo del poeta era alarmante.

—¿Y qué?—

—Pripekala y Barma murieron, —contestó Veles sombríamente.

Mokosh se encogió de hombros.

—¡Nunca te importó! ¿No es así? —se burló. —¡Cuántos vyrajianos han fallecido! ¡Y tú no te diste cuenta! O no quisiste darte cuenta, escondiéndote detrás de las estrofas de tus poemas!!! La vyrajiana estaba enfadada. —¡Ni siquiera vienes a las fiestas fúnebres! ¿Acaso crees que vas a vivir eternamente?

Veles suspiró con fuerza: Mokosh tenía toda la razón. Es un completo egoísta. Pero ahora todo será diferente.

—Quiero escribir una obra histórica sobre el descenso del Huevo de Oro de Veles en la tierra. Lo llamaré «El libro de Veles».

El malvado Mokosh se rió.

—¡¿Un libro?! ¡No tienes suficiente paciencia! Oí hablar de él hace doscientos años, cuando tuviste una aventura con Knyaginya Molonya!

—¡No es cierto! ¡Ya he empezado a escribir un libro! —objetó Veles emocionado.

Sin embargo, en la mirada de Mokosh se leía claramente la desconfianza.

—Lo escribiré... —murmuró Veles con resentimiento. —¡Y este libro se convertirá en mi obra inmortal, que atravesará los siglos, y que vivirá durante muchos milenios! ¡Empezaré a escribir mañana mismo! «El libro de Veles» ¡¡Recuerda, Mokosh!!

Mokosh, sin poder resistirse, soltó una risita sarcástica.

—Pues sí, —respondió. —En unos doscientos años, tal vez escribas. ¡Pero ten en cuenta que no nos queda mucho tiempo! Viene Logos.

Y a la mañana siguiente, dos piras funerarias ardían en la plaza central de Radogosh, y el hidromiel funerario se derramaba. Tarusa apenas se movía, ayudada por Ziva y Mokosh. Las llamas iluminaban los rostros enlutados de los vyrajianos.

Por primera vez en muchas décadas, Veles estaba presente en el banquete fúnebre...

***

La leyenda de la creación del mundo por el dios Rod, escrita por Veles en la ciudad de Radogosh

Rod es el dios creador, procedente de Vyraj, que dio vida a todos los seres vivos de la Tierra. Es la personificación del destino, del interminable cielo estrellado, de la naturaleza y de la cosecha.

Es Rod quien envía las almas inmortales de las personas desde el Cielo a la Tierra cuando nace un niño. Y Rod determina el destino del niño.

¿Cómo se creó nuestro mundo?

Al principio, no había nada en el mundo, sólo reinaba el caos. Y sólo el Huevo del Mundo estaba en el vacío, dentro del cual, bajo la cáscara dorada, dormitaba el dios Rod, que descendió de Vyraj.

Y el dios Rod dormía en el Huevo de Oro. Y mientras Rod dormía en el Huevo, vio diferentes sueños sobre un mundo maravilloso en el que había de todo y todo. En el que había dioses y personas, y luz y oscuridad, y vida y muerte, verdad y mentira.

Y durante mucho tiempo el Huevo mágico creció en el vacío, ganando toda su fuerza. Y así, una vez Rod decidió que había llegado el momento. Y entonces nació el Amor en su alma, y Rod amó todo lo que había inventado. Y entonces Rod partió el Huevo de Oro en pedazos, y entonces salieron de él las aguas celestes y las terrestres, el arco celeste y la tierra, la luz y la oscuridad. Y el sol salió de la cara del dios Rod en una barca de oro, y las estrellas y la luna salieron en una barca de plata.

Después, Rod cortó el cordón umbilical con un arco iris y separó las aguas terrestres de las celestiales con un arco de piedra. Entonces Rod separó la luz de las tinieblas, y la verdad de la falsedad. Del aliento del dios Rod apareció la diosa del amor

Lada. Y se convirtió en un pájaro, la madre de Swa, y voló por encima de la tierra.

Y así, el dios Rod engendró el reino celestial de Prav, el reino medio de Yav y el reino oscuro de Nav.

Y una semilla cayó del espacio del mundo. Y un enorme Roble, Árbol del Mundo creció de una semilla. Y sus raíces fueron a Nav, y su tronco pasó a lo largo de Yav, y la cima del Árbol del Mundo, su corona, a Prav.

Y todo iría bien, sólo que todo en el mundo estaba mezclado, no había nadie que observara el orden. Y entonces Rod llamó a sí mismo al pájaro Madre Swa, y se creó un ayudante del dios Svarog. Y Svarog elevó el cielo por encima del mar, y fue a caminar por el cielo, nombrado por él como Svarga, para mirar el mundo desde allí. Y entonces Svarog preparó el camino para el sol en el cielo, para que saliera y se metiera.

Y Svarog vio que no todo era bueno en Yav. Sólo el mar es uno en Yav, y no hay Tierra Húmeda. Y entonces Svarog fue a buscar la Tierra. La buscó durante mucho tiempo, y al séptimo día de búsqueda, Svarog vio altas montañas, en cuya cima yacía la piedra Alatyr. Svarog tomó Alatyr y la arrojó al mar. El mar entonces hizo espuma, hirvió y se espesó, y así apareció la Tierra. Pero era pequeña, que inmediatamente se hundió en el mar.

Este Svarog se entristeció, y entonces pidió a Rod que le ayudara a sacar la Tierra del fondo. Y a instancias del dios Rod, aparecieron entonces dos pájaros. Y en el lugar donde se hundió la Tierra, se sumergieron en las profundidades del mar. El día ha pasado, pero todavía no hay pájaros. Pasó el segundo día, pero aún no hay pájaros. Y sólo al tercer día regresaron al atardecer con semillas de tierra en sus picos.

Svarog tomó estas semillas y comenzó a aplastarlas, pidiendo a Rod que ayudara a revitalizar la Tierra. Y entonces el sol comenzó a calentar la Tierra, la luna comenzó a enfriar la Tierra, y entonces los vientos soplaron la Tierra desde la palma de Svarog. Y la Tierra se desmoronó en todas partes del mundo. La Tierra creció. Y el Árbol del Mundo entonces cobró fuerza.

Después, el dios Rod dio a luz a los demás dioses y criaturas. Creó una poderosa serpiente para que sostuviera la Tierra, para que no volviera a sumergirse en el agua. Y Lada y Svarog dieron a luz a Mokosh, y la Madre Tierra Húmeda dio a luz a Rozhanitsy. Y Rod les dio ruecas y se convirtió en hermana Rozhanitsy hilando los hilos del destino.

Después de eso, Svarog encontró la piedra Alatyr que una vez arrojó y la sacó del fondo del mar. Y en cuanto Svarog sacó la gema, Alatyr comenzó a crecer, llenándose de plata y blancura, y se convirtió en una gema para todas las gemas.

Y después, a instancias del dios Rod y a petición del dios Svarog, se esculpieron en la piedra Alatyr las leyes según las cuales todos debían vivir. Y de debajo de la piedra fluyeron ríos fértiles y manantiales con agua viva y muerta.

Después de eso, Svarog creó un fuego sagrado en el Cielo y se creó una maravillosa herrería. Y Svarog comenzó a forjar diferentes cosas en ella: un recipiente, un arado, un hacha.

Así se creó el mundo.

Capítulo 2

5525 años desde el descenso del dios Rod en el Huevo de Oro. Tierra de los eslavos Bodrichi. La ciudad de Velegosh

¡Buena suerte, con los dioses en Triglav! ¡Gloria al dios Rod!

***

Velegosh, la ciudad más grande de los Bodrichi incluía un castro, erigido en la colina Bodrit, tenía una historia de ochocientos años. Una vez el bosque casi se acercó al joven asentamiento. Por orden del entonces Knyaz Vsevolod, los territorios alrededor de Velegosh, que consistían en dos docenas de zanjas rodeadas por un muro de madera, fueron despejados, los árboles fueron cortados, los tocones fueron arrancados. Una parte de la tierra estaba destinada al cultivo de centeno, cebada y mijo. Otra parte de la tierra es para el pastoreo de ganado: vacas, cabras, ovejas. El emprendedor Vsevolod ordenó hacer hogueras en los futuros campos, la ceniza que se formaba como resultado de un incendio fertilizaba con creces la tierra, y trajo una generosa cosecha durante mucho tiempo.

Poco a poco, el pueblo se fue desarrollando, las piraguas pasaron a ser cosa del pasado y fueron sustituidas por casas de madera, en las que se calentaban con estufas de humo. Es decir, el humo del hogar no salía por la chimenea, sino que se elevaba hasta el techo, por donde salía de la casa a través de una pequeña ventana. Cazadores, comerciantes, artesanos de los pueblos de los alrededores llegaron a Velegosh y se instalaron firmemente bajo la protección de Knyaz. La zona que rodeaba el castro era boscosa, llena de bestias, hierbas y... espíritus.

Durante casi trescientos años, Velegosh vivió en paz y prosperidad. Mientras que en la fortaleza de Hammaburg, que se encuentra en la orilla izquierda del Alba, no se enteró de la riqueza de hillfort. Por aquel entonces, la fortaleza estaba habitada por los sajones -germanos, que se habían mezclado con los eslavos occidentales-, que creían en el único dios Logos. Pidieron ayuda a los daneses, suecos y nórdicos.

Los sajones quemaron el castro hasta los cimientos. Cientos de Bodrichi cayeron entonces en la batalla, muchos de ellos fueron hechos prisioneros por los sajones. Pero hubo supervivientes: resucitaron a Velegosh de sus cenizas.

Ahora Velegosh contaba con tres mil habitantes. No sólo estaba rodeada por una muralla de una altura de diez sazhens (200m), sino que en ella se construyeron troneras especiales para arqueros y hondas arrojadizas. Además, había un profundo foso lleno de agua alrededor de la muralla. El puente que conducía a la ciudad, en tiempos de peligro, se elevaba sobre cadenas con un mecanismo especial, y la ciudad se hacía prácticamente inexpugnable. Más de una vez los sajones se «rompieron los dientes» por ello. Además, uno de los Knyazes, descendiente de Vsevolod, ordenó la construcción de puestos avanzados cerca del río Alba en los supuestos puntos de paso de los sajones.

Ladomira abandonó el castro a primera hora de la mañana, apenas al amanecer. Había unos diez kilómetros de sinuoso camino que conducía al puesto de avanzada del bosque, a través del mismo, hacia Alba. Ladomira recorrió la parte trasera de la ciudad, cercada y protegida por un profundo foso, y salió de ella por una pequeña puerta.

Numerosos arroyos llenaban el foso urbano. Sin embargo, ahora, cerca de la pequeña puerta, el foso se ha secado: nadie ha limpiado la zanja cubierta de maleza en primavera. Las empinadas laderas del foso estaban cubiertas de frambuesas y rosas silvestres. Un puente fue lanzado a través del foso. Cuatro vigas, apoyadas en soportes, soportaban el peso de los troncos superiores. Los bordes del puente se apoyaban en los bloques de troncos excavados en el suelo. El viejo árbol tenía huellas de las ruedas de los carros sobre sí mismo, rozadas bajo los cascos de los caballos y las vacas, que solían ir a pastar sobre el puente en la estación cálida. El puente no ha sido modificado ni destruido desde hace mucho tiempo, como se hizo con las noticias de las incursiones sajonas. Hace tiempo que los enemigos no molestan a Velegosh...

Ladomira pasó por un campo sembrado de centeno de invierno a lo largo de un camino apenas perceptible: los tallos de color verde brillante apenas aparecían de debajo de la tierra. Se paró en medio del campo, inclinada hacia los cuatro lados, apretando una bolsa de comida contra su pecho.

—¡Gloria a ti, Madre Tierra Húmeda! ¡Envía a Bodrichi una rica cosecha! Protege nuestra tierra del feroz enemigo.

Tras alabar a la diosa Madre Tierra Húmeda, Ladomira continuó su camino. La muchacha se adentró con confianza en el bosque, el sinuoso camino era bien conocido por ella. Desde su infancia, Ladomira lo recorrió hasta un puesto de avanzada del bosque, donde su hermano mayor, Korshen, realizaba el servicio militar.

El camino no era corto y la niña, para pasar el tiempo, cantaba una canción como de costumbre. Sin embargo, pronto sintió la mirada de alguien y se volvió. Sin embargo, no vio a nadie...

—¿Es un lobo? —se preguntó. —No... Ahora hace calor, el bosque está lleno de bestias. No me necesita.

Ladomira continuó su camino y volvió a sentir los ojos sobre sí misma.

—¡Eh! No pudo soportarlo. —¿Un Leshy? ¿Eres una escandalosa Ohalnik? ¡Desvergonzada! ¿Vuelves a mostrar tus genitales a las chicas? ¿No has disparado suficientes flechas a tus genitales? Ver la vida no te enseña nada...

La Leshy apodada Ohalnik se quedó en silencio. Ladomira miró a su alrededor, cantó una canción y continuó.

Ohalnik, al que todos los habitantes de Velegosh conocían, sobre todo la parte femenina, parecía ser un Leshy bastante corriente: no era alto, apenas seis piados (106m), una cabeza de forma irregular, largas orejas puntiagudas cubiertas de lana, una gran nariz con forma de patata, cejas peludas, grandes ojos verdes saltones. De ropa, Ohalnik sólo se puso una capa ligera tejida con hierbas del bosque.

Leshy se divirtió escondiéndose en un camino del bosque, y luego saltó delante de los viajeros, en particular prefería a las mujeres con las niñas. Escondido en un lugar seguro, Ohalnik saltó delante de ellos, y luego se quitó la capa de hierba de los genitales. Y la mirada de los desconcertados viajeros se fijó en sus colgantes genitales verdes, cubiertos de vello. Los hombres, ante semejante espectáculo, se mostraron confusos y muy sorprendidos. Las mujeres comenzaron a chillar desgarradoramente.

Y el Leshy, muy risueño, se puso de nuevo el manto y huyó a la espesura del bosque. Sin embargo, hace poco se produjo un incidente con Ohalnik. Un joven caminaba por un camino del bosque, dirigiéndose a Velegosh para prestar servicio al Knyaz Radomir local. Un hombre que no conoce las sutilezas locales, sin saber que todos los perros ya conocen a Ohalnik en los alrededores, y de paso, aguanta su comportamiento. Y el hombre le disparó con un arco. La flecha casi le da a Ohalnik en los genitales... Sin embargo, el triste incidente no iluminó en absoluto al Leshy.

El Ohalnik se complacía en asustar a las jóvenes doncellas que recogían hierbas, setas, bayas o raíces medicinales en el bosque. El Leshy apareció ante ellas desde su emboscada en toda su belleza masculina. Un grito de indignación de las muchachas resonó inmediatamente en el bosque.

A continuación, Leshiha, la esposa de Ohalnik, apareció desde el bosque. Agarró a su estúpido marido de una larga y puntiaguda oreja, diciendo:

—¡Me estás engañando otra vez! ¡Oh tú, infiel! No sólo enseñas tus genitales a los viajeros, sino que se lo enseñas a chicas inocentes.

En su casa, en un agujero bajo un viejo roble ramificado, Ohalnik se arrepintió, buscó a su mujer frente a él, intentó acariciar su cabeza peluda. Sin embargo, el tiempo pasó, y el Leshy renovó sus extrañas aficiones.

Ohalnik era amigo de Vodyanoy, apodado Prut, que vivía en un lago del bosque, donde a las chicas del lugar les gustaba bañarse en la estación cálida. Vodyanoy subía a menudo a la superficie del agua y mantenía conversaciones amistosas con Ohalnik. Los amigos compartían sus preocupaciones y las noticias del bosque. Una vez, Prut le contó al Ohalnik una historia sobre el viejo Vodyanoy.

A menudo, cuando las niñas acudían al lago, el viejo Vodyanoy y Prut discutían. Prut le dijo al viejo Vodyanoy: "Bueno, ¿qué haces en el fondo? ¡Mira, ahí están nadando las chicas guapas! Habrías navegado, examinado mejor, ¡quizás incluso tocado! Pero tú sólo mientes".

Y el viejo Vodyanoy respondió a Prut:

"¿Por qué debería nadar? ¡Ya puedo ver todo! Además, ¡las chicas son jóvenes, ágiles! Pueden arrancarme la barba y darme una paliza. En el fondo, será más tranquilo y fiable".

Y el viejo Vodyanoy, que ya había recibido una amarga experiencia de vida, siguió tumbado en el fondo y observando felizmente a las jóvenes bellezas flotantes.

Sin embargo, el joven Prut decidió tocar a las chicas. Una de ellas era la hija de un herrero, y cuando sintió que alguien le tocaba el trasero, no se inmutó.

—¡Chicas! —rugió, escupiendo agua. —¡Vodyanoy travieso! ¡Sujétenle la barba!

Sin pensarlo dos veces, la hija del herrero agarró a Prut de tal manera, envolviendo la barba de Vodyanoy en su brazo, que éste chilló de dolor. Pero escapó, dejando, sin embargo, en manos de la muchacha la mayor parte de su barba verde. Desde entonces, prefirió tumbarse en el fondo del lago cerca del viejo Vodyanoy que había experimentado la vida. Y admirar las bellezas a través de las aguas claras.

No muy lejos del lago del bosque vivía Vila, que era un viajero en el bosque en la imagen de una hermosa chica. Normalmente las Vilas vivían cerca del agua, como las sirenas, y de vez en cuando la apariencia se convertía en hermosas chicas aladas. Los vestidos con los que se vestían las Vilas tenían poderes mágicos. Y si alguna de las personas lograba quitarle el vestido mágico a la Vilas, entonces ella obedecía a su amo y le servía. Los Bodrichi también creían que las Vilas tenían poder sobre los lagos y los pozos, por lo que podían «secar las aguas». Por ejemplo, hay un pozo en el bosque, pero no hay agua en él - por lo tanto, Vila estaba enojada con la gente y bloqueó el agua.

Así que tienes que apaciguarla- para traer un regalo un collar, pulsera o anillo. Poner las joyas en el borde del pozo y decir:

—¡Vila, Vila no te enfades! Acepta los regalos y da agua.

Si Vila acepta los regalos, el pozo se llenará pronto de agua fresca y limpia.

Bodrichi creía que si Vila estaba muy enfadado, entonces sólo podía matar a una persona con una mirada. Pero, por lo general, Vilas era amable con la gente, la curaba de sus dolencias y a veces le decía su futuro.

Sin embargo, Vila, que vivía cerca del pozo del bosque de Bodrichi, era una llamativa excepción. Ella, adoptando la forma de una niña, seducía a los viajeros varones que querían emborracharse en su pozo. Al día siguiente, después de una aventura amorosa con una hermosa muchacha, los viajeros se dieron cuenta de repente de que habían perdido su poder masculino.

Desesperados, acudieron en busca de ayuda a la bruja Siyana, cuyo nombre significaba «brillo», que vivía en Velegosh. Esa bruja tenía una gran experiencia en el tratamiento de la impotencia masculina. Incluso se rumoreaba en la ciudad que la bruja y el espíritu del bosque de Vila estaban en connivencia. Vila se alimentaba de la energía humana de los hombres seducidos, y luego éstos acudían a la bruja a su antojo. Sin embargo, Siyana les cobraba una generosa cuota. Y parte de la cuota se entregaba al espíritu del bosque, para que le ayudara en el trabajo. Se rumoreaba que Vila había acumulado todo un cofre de monedas en tal oficio y que las escondía cerca de un pozo del bosque. Hubo locos que intentaron encontrar el oro de Vila, pero todos desaparecieron sin dejar rastro.

En el bosque cercano a Velegosh vivían otras criaturas, cada una de las cuales tenía su propio carácter y peculiaridades. Todas estas criaturas no eran dioses, sino habitantes del Reino de los Espíritus.

Los eslavos, incluido Bodrichi, creían que el mundo estaba formado por dos partes: el Reino de los Vivos, donde vivían las personas, y el Reino de los Espíritus, donde vivían criaturas mágicas, muchas de las cuales protegían la naturaleza y los animales.

El Reino de los Espíritus, a su vez, constaba de tres partes. Prav es el Cielo, la morada de los espíritus celestiales, y Yav es la zona intermedia del Reino de los Espíritus, la morada de los guardianes de los animales, los bosques, los campos y otras criaturas similares que solían llegar al Mundo de las Personas a través de las puertas de la frontera del Reino. La tercera parte del Reino de los Espíritus -Nav- una mazmorra, la morada de los espíritus oscuros y hostiles hacia las personas.

Después de la muerte de Vyraj, muchas criaturas mágicas de este mundo a través de las aberturas de la magia pasaron a la Tierra. Los espíritus que habitaban las tierras de los eslavos se mezclaron con los extraterrestres de Vyraj.

Como los dos Reinos constituían un todo único del Mundo Tierra, estaban estrechamente interconectados, sus fronteras se cruzaban a menudo, había puertas entre ellos, a través de las cuales se abría la posibilidad de movimiento.

Sin embargo, los habitantes del Reino de los Espíritus podían entrar libremente en el Mundo de la Gente, pero los mortales ordinarios estaban limitados en sus capacidades. Las puertas del Reino de los Espíritus se encontraban en un denso bosque bajo la protección de la magia, cambiando constantemente su ubicación, por lo que la gente corriente no podía encontrarlas.

Ladomira estaba de muy buen humor. Dejó de cantar. El Bosque de Mayo, revivido tras un frío invierno y una larga primavera, obligó involuntariamente a la muchacha a soñar. Pensó que al haberse convertido en novicia en el Templo de la Madre Tierra Húmeda por voluntad de su padre, su destino estaba determinado. Tres años más tarde, cumplirá dieciocho, la edad en que las novicias toman la iniciación, se convierten en sacerdotisas y prestan el juramento a la diosa en el Templo. Y este juramento hasta el final de su vida priva a las sacerdotisas de la simple felicidad femenina.

Sin embargo, los pensamientos de la joven novicia se interrumpieron bruscamente: Ohalnik se puso de pie frente a ella en el camino.

—¡Te conozco! ¡Eres Ladomira! —dijo y ni siquiera abrió su capa frente a ella.

—No es de extrañar: a menudo voy por este camino al puesto de avanzada de Knyazhich Kalegast. Mi hermano Korshen es un recluta. ¿Qué necesita? ¿Sacudir sus genitales? ¿Ofrecerle hacer el amor? —preguntó escéptica.

Ohalnik soltó una risita.

—¡No me arriesgaré! —admitió con sinceridad. —El otro día, el cazador Lesyar me atrajo y me prometió, —se calló la Leshy. —En resumen: me arrancará las piernas si me enfrento a ti de forma indecente.

Ladomira alzó las cejas, sorprendida.

—¿Leyar? ¿El que vive en el bosque?

Ohalnik asintió.

—Sí, es... ¡Astucia! ¡Destreza! ¡Guapo! Bueno, ¡ya lo conoces!

Ladomira se encogió de hombros.

—¿Qué me importa? Mi destino es servir a la Madre Tierra Húmeda, —dijo con tristeza. —¡Aléjate del camino!

Leshy se apartó obedientemente.

—Y Lesyar me dijo que te cuidara. Eres una chica preciosa. ¿Sucede algo?

Ladomira tiró el suelo de una capa de lana con un hábil movimiento: un largo cuchillo de caza brilló en su mano.

—¡Soy una novicia en el Templo de la gran diosa y estoy obligada a proteger a mis puros! Soy buena con el cuchillo, ¡no peor que un hombre!

Leshy volvió a reírse.

—Ya veo por qué les gustabas a Lesyar, —dijo y desapareció entre los árboles.

La novicia, levantando la cabeza con orgullo, siguió adelante. De repente, se oyeron detrás los gritos furiosos de Leshikha.

—¡Otra vez persiguiendo a las chicas!

—Las queridas están regañando, sólo se están divirtiendo, —comentó Ladomira, y se internó en el bosque.

—Lesyar, —pensó la muchacha. —Protegiendo el bosque. Guapo, hábil, astuto..., recordó las palabras del diablo. —Además, la fama va por delante de él. Es un famoso mujeriego.

Lesyar vivía en una cabaña cerca del pozo de Vila. En Velegosh, la gente decía que Vila era especialmente aficionado al cazador y que no privaba a la fuerza masculina tras las alegrías amorosas mutuas. E incluso se repartían las monedas de los merluzos de su cofre secreto. Con este dinero, supuestamente, Lesyar, que vino al bosque, construyó una buena cabaña, consiguió un hogar.

Ladomira sintió involuntariamente la emoción ante la mención del nombre del cazador. Este joven excitaba la imaginación de la muchacha desde que apareció en estos lugares hace dos años. Se rumoreaba que había huido de la tribu Lutici. Knyaz de Lutici, supuestamente lo encontró con su esposa, Knyaginya.

Ladomira vio a un cazador en las ferias que se celebran tres veces al año en la plaza del castro central. Lesyar traía excelentes pieles para vender. Los aficionados locales a la moda no podían resistirse a su belleza, no escatimaban y compraban la mercancía ofrecida, casi sin negociar.

La última vez que la feria tuvo lugar fue a principios del Traven (Mayo), antes de la fiesta de la diosa Ziva. Lesyar, como de costumbre, ofreció en venta a los habitantes del castro las pieles obtenidas en el bosque. Ese día Ladomira fue a la feria con su madre Miloslava. El padre de la niña, Kreslav, Sacerdote del Templo del Dios Agunya, se estaba preparando para el próximo festival sagrado con las sacerdotisas de la diosa Ziva y de la Madre Tierra.

Ladomira, junto con su madre, caminaba tranquilamente entre las filas del comercio. Miloslava examinó cuidadosamente las mercancías ofrecidas, regateó y compró algo.

La atención de la muchacha fue atraída por el cazador. Éste cortejó a una joven viuda. Arrojando una excelente piel de zorro sobre sus hombros, el cazador dijo:

—¡Compra, preciosa, no te arrepentirás! Yo mismo disparé a un zorro, le di justo en el ojo, para no dañar la piel. Mira cómo te queda.

La viuda se asomó a un pequeño espejo de amalgama de plata, incautado especialmente para una ocasión similar en la feria.

—¡Oh! ¡Después de todo, yo misma soy pelirroja! Y si coso un cuello de zorro en la ropa de invierno, pareceré un zorro. Ah, ¿me dispararás entonces por error, Lesyar?—, coqueteó la joven viuda con el cazador.

En ese momento, la madre de Ladomira, Miloslava, se distrajo para probarse un collar, y Ladomira decidió acercarse al cazador. La viuda estaba pagando la compra e intercambió una mirada significativa con el cazador. De repente, la chica se sintió molesta...

Lesyar era inusualmente majestuoso, apuesto y fuerte.

—¿Qué quieres, Belleza? —le preguntó a Ladomira.

Ella bajó los ojos: la voz del cazador la excitaba.

—Pieles de ardilla para decorar, —respondió con voz extraña.

Lesyar sacó una bolsa de debajo de un mostrador de madera y dispuso su contenido ante la mirada de una niña sorprendida.

—¡Elige! ¡Todo es tuyo! Acordaremos un precio.

Ladomira pasó la palma de la mano por la brillante piel marrón rojiza con marcas negras.

—Me lo llevo todo.

Lesyar sonrió.

—Entonces te descontaré algunos mercuros de cobre, —prometió—.

Ladomira desabrochó un monedero que llevaba en el cinturón, lleno de monedas de cobre y plata, llamadas en estos lugares «mercuros». Porque, como en una de las caras de las monedas, se representaba el rostro de un dios desconocido para los eslavos, Mercurio. Antes los eslavos pagaban sus compras con perlas de río, pero hace cuatrocientos años aparecieron comerciantes de países lejanos, cuyos monederos estaban llenos de mercuros. A los knyazs eslavos les gustó la aparición de un dios extranjero del comercio. Pronto aparecieron las casas de moneda, que empezaron a reponer regularmente los cofres de los knyazs con mercuros de cobre, plata y oro.

—Dígame su precio, —dijo Ladomira, bajando la mano a su bolsa.

—Dos mercuros de plata y tres de cobre.

La chica contó la cantidad y le dio las monedas al cazador. Él la sujetó hábilmente de la muñeca.

—He oído que eres una novicia en el Templo de la Madre Tierra Húmeda. ¿Vas a convertirte en sacerdotisa? —dijo Lesyar.

Ladomira le soltó la mano y lanzó las monedas junto a las pieles.

—¡Mete la mercancía en una bolsa!—, respondió tajantemente.

Lesyar sonrió. En este caso, las bolsas de lino estaban abastecidas con él. Dejó hábilmente las pieles en una bolsa, sin apartar los ojos de la novicia. Ladomira, de quince años, era hermosa: delgada, como un junco, de ojos azules, los labios rojos atraían al cazador. Quiso arrancarle su larga melena color trigo trenzada y pasar una noche de amor con ella.

El corazón de la muchacha latía rápidamente. En ese momento, la madre de la chica se acercó al mostrador.

—¿Qué has comprado, hija? —preguntó la progenitora.

—Madre, he comprado pieles de ardilla. Voy a decorar para abrigarme y a coser un sombrero nuevo—, respondió la niña, superada la emoción.

Al día siguiente, Ladomira participó en un rito sagrado dedicado a la diosa Ziva, junto con las novicias y sacerdotisas de los templos de Ziva y de la Madre Tierra Húmeda.

La diosa Ziva era venerada por Bodrichi y otras tribus eslavas como la personificación del poder fértil. Ziva era alabada como la diosa del nacimiento, de la vida, de la belleza de todo lo terrenal, de la primavera.

Según las antiguas creencias, la encarnación de la diosa Ziva era el cuco. Los eslavos creían que la diosa de la vida se convertía en un pájaro y presagiaba la continuidad de todos los seres vivos. El cuco volaba desde el lejano Vyraj, un paraíso celestial, al que acudían las almas de los muertos, donde permanecían las doncellas del destino, Rozhanitsy.

Bodrichi, desde la cuna, escuchó historias sobre el cuco que cuenta las horas del nacimiento, la vida y la muerte. Al oír los sonidos que hace el cuco, Bodrichi escuchó y preguntó: "Cuco, cuco, ¿cuántos años me quedan por vivir?"

Por lo tanto, la fiesta de la diosa Ziva comenzó con el hecho de que los jóvenes novicios fueron más allá de los muros del castro y soltaron a los cucos en la naturaleza. Y entonces escucharon los sonidos que hacían los pájaros y preguntaron:

—¿Cuco, cuco vive tanto para mí?

Después de liberar a los cucos, las jóvenes novicias de los Templos de Ziva, Madre Tierra Húmeda comenzaron a celebrar. Las muchachas hacían kumlenie entre ellas, hacían coronas en un abedul. Se creía que así se despertaban las fuerzas de la naturaleza y se abrían las puertas de Vyraj.

La kumlenie en la fiesta de Ziva era la siguiente: las novicias se acercaban a una corona enroscada en un abedul, en la que se colgaban huevos pintados de rojo o amarillo. Las niñas se besaban e intercambiaban regalos a través de esta corona. Luego las novicias se intercambiaban cosas, entre las que podía haber prendas de vestir, pañuelos, coronas, anillos, collares, huevos, pasteles. Después se preparaba una comida conjunta con los obligatorios huevos revueltos.

Las puertas mágicas tejidas con las ramas de los árboles vecinos, una gran —corona— como un aro, eran un símbolo de Vyraj. La puerta mágica se consideraba un paso entre dos mundos: el mundo terrenal mortal y Vyraj, un paraíso celestial.

Una corona ordinaria enroscada en un árbol también simbolizaba a Vyraj. A través de ella, las muchachas se besaban, de pie a ambos lados. Kumlenie se acompañó de un juramento para apoyarse, ayudarse mutuamente en los momentos difíciles, para honrar a la diosa Ziva.

Después, los habitantes de Velegosh, encabezados por la sacerdotisa principal del templo de Ziva, se dirigieron a los campos donde ya habían brotado las cosechas de invierno. La sacerdotisa rezó a la diosa por la longevidad, la prosperidad y la buena salud de la tribu Bodrichi. Los Bodrichi creían que si la diosa tenía piedad, podía cambiar el destino de una persona y darle una vida más larga.

Queriendo mostrar respeto a la diosa Ziva, los eslavos organizaban festivales especiales en su honor. Se organizaban fiestas en los bosques, prados y campos para agradecer a la hermosa diosa Ziva, la creadora de todo lo joven y vivo. Las mujeres tomaban las escobas en sus manos y realizaban una danza ritual alrededor del fuego, ejecutaban danzas circulares y cantaban canciones. Así, limpiaban el lugar del mal. Alegrándose de la llegada de la primavera, según la tradición, todos los que querían saltaban sobre el fuego. Creían que con la ayuda del fuego podrían limpiarse de la obsesión después de un invierno agotador. En Velegosh, en esta ocasión, la gente decía: «El que salta alto está lejos de esa persona y la muerte está lejos».

En la fiesta, los jóvenes iniciaron divertidos juegos y bailaron alrededor del fuego, cantando:

"Todos brillaremos con luz,

Mara será derrotada,

gracias a Jarilo,

Jarilo, muestra tu fuerza".

Ladomira también bailó alrededor del fuego con sus amigos. Lesyar también acudió al festival. La novicia durante todo el festival sintió en su mirada.

***

Después del festival, Ziva se alimentó de Vatten. Incluso pensó: ¿seduciría a Veles? ¿O hacer las paces con él? Veles seguía deambulando por la sala del clan, apagado, aletargado y pálido con pergaminos bajo el brazo. Sin embargo, tras una pequeña reflexión, Ziva se decidió: Veles no es digno de su atención. Pero aquí está Semargl...

Ziva recordó al alado Semargl, el mensajero de los dioses, con el que pasó varias noches inolvidables. Sin embargo, el mensajero alado siempre desaparecía en algún lugar, y luego le contaba varios cuentos.

La diosa se sentía celosa. Y Ziva, como un torbellino se precipitó por la cámara del clan en busca de Radegast. Hacía tiempo que la atraía con sus formas físicas y su insaciable deseo carnal. Últimamente, Ziva se preguntaba cada vez más: ¿por qué necesitaba una relación con Semargl? Después de todo, ella sabía de su inconstancia. Ha tenido tantas diosas y mujeres mortales en los últimos trescientos años... que no hay que contarlas. Es el mismo mujeriego que Veles.

Y ella... ¡¿Pero qué es ella?! Sólo una mujer, incluso una diosa. El hombre de Vyrajian es el mismo que engaña constantemente a una mujer. Pero todo el mundo siempre le dice a las mujeres que honren. Y Ziva, tras decidir que su celibato obligado no había sido interrumpido durante mucho tiempo, al no encontrar a Radegast en el palacio, se alejó corriendo más allá de sus muros, hacia la arena donde los jóvenes dioses de la guerra celebraban competiciones. A veces participaban en ellas Triglav y Prove, patrón de los Lutici. Afortunadamente, en ese momento, el mensajero de los dioses Semargl salió de la sala.

Ziva no se equivocó. Ruevit y Radegast, desnudos hasta la cintura, luchaban con espadas ante un público entusiasta. Y, por supuesto, estaba formado principalmente por mujeres vyrajianas. En la arena, Ziva vio: Rozhanitsy, Mokosh, Lada, del clan de Perun - su esposa Dodola, las hijas de Magura y Devana, Martsana. Incluso Tarusa, habiendo reunido sus últimas fuerzas, estaba sentada en un amplio taburete, que Avsen hizo especialmente para ella. Ziva sabía que a Devana le gustaba

Ruevit desde hacía mucho tiempo, y no se perdía sus batallas con Radegast, Triglav o Perun.

Antes de que Ziva tuviera tiempo de ocupar un lugar entre el público, Alkonost descendió del cielo. Ziva prefirió llamarla simplemente Alkion, pues pensaba que Alkonost sonaba de alguna manera muy pomposa y no vyrajiana.

Las alas de Alkion desaparecieron y ocupó su lugar cerca de Ziva, que ardía de deseo carnal.

Inesperadamente para ella, Ziva preguntó:

"¿No has visto a Semargl?"

Alkion sonrió con culpabilidad.

—No... He vuelto de las tierras de Pomerania. Allí todo está en calma. He oído que Semargl voló sobre el río Alba.

A Ziva se le cortó la respiración, ya se había olvidado de Radegast.

—¿Sobre el río Alba? ¡¡¡Gran padre Rod!!! Los sajones tienen muchas catapultas nuevas, ¡derribarán! No se convertirá, como Sirin, en un kuksha!

—Me dijo que se convertiría en halcón, —intentó Alkion para proteger a Semargl.

El orgullo de Ziva estaba herido: Semargl no le dijo nada, pero sí a Alkion. ¿Tienen una relación?

—Ni se te ocurra, —dijo Alkion, como si leyera los pensamientos de Ziva. —Para cuando debería volver.

Antes de que Alkion pudiera pronunciar esto, Ziva oyó el crujido de las alas de Semargl. Para mayor importancia y efecto, voló varias veces a baja altura sobre Radogosh, y luego aterrizó en la plaza principal de la ciudad, que últimamente sólo se utiliza para las piras funerarias.

Incapaz de soportar la tensión, abrumada por el deseo carnal, Ziva se apresuró a salir a su encuentro. Antes de que Semargl recuperara el aliento tras el largo vuelo, Ziva le agarró de la mano y lo llevó a sus aposentos, desde los que se oyeron gritos apasionados de amantes durante toda la noche siguiente.

***

La leyenda de Semargl, escrita por Veles en la ciudad de Radogosh

Semargl, el mensajero entre el Mundo del Cielo y la Tierra, el dios de las semillas, los brotes, las raíces de las plantas, el guardián de las plantas y el verdor de la Tierra tiene el don de la curación. Y una vez Semargl trajo del Cielo a la Tierra un brote del Árbol de la Vida.

En forma de pájaro, Semargl vuela en el cielo y ve todo lo que ocurre en la Tierra.

Cuando Semargl cuidaba las cosechas por la noche contra las incursiones de los animales del bosque, se hizo amigo de las Bereginias. Las Bereginias también cuidaban de las plantas, regaban sus raíces con agua subterránea.

Y así, una vez Semargl admiró las danzas de las Bereginias y escuchó sus canciones, porque las Bereginias bailaban bellamente sobre los prados y los campos. Y así, Semargl las miraba, y no se dio cuenta de cómo una manada de ciervos salía del bosque y se adentraba en el campo con cultivos de cebada. Cuando Semargl se percató de ello y se apresuró a expulsar a los ciervos, ya era demasiado tarde. Porque pisotearon el borde del campo como si la gente no hubiera sembrado nada allí.

Semargl vio esto, se entristeció y lloró. Porque la gente sembró un grano perfecto, y los dioses prepararon la tierra para una buena cosecha. Pero Semargl pasó por alto las cosechas, y por eso ahora estaba sumido en una profunda tristeza.

Las Bereginias oyeron el llanto de Semargl, corrieron hacia él y lo calmaron. Las Bereginias le dijeron que no llorara más, porque ellos también cuidaban esta tierra cultivable, y por lo tanto no dejarían a Semargl en problemas.

Y entonces las Bereginias enviaron una cálida niebla, y comenzaron a volar sobre el campo, conjurando hechizos. Y entonces aquellos brotes que eran aplastados por el ciervo comenzaron a enderezarse y a estirarse de nuevo. Y pronto el campo pareció como si los ciervos no hubieran pisoteado los cultivos en él.

***

Ladomira caminaba por un sendero del bosque. Tratando de distraerse de sus pensamientos sobre Lesyar, volvió a entonar una canción. Pero el apuesto cazador no pretendía salir de sus pensamientos. De repente, la chica recordó cómo Lesyar salvó a la conocida bruja Siyana en los alrededores. Una vez, a principios de la primavera, Siyana fue al bosque en busca de raíces, se adentró en él y cayó de repente en una vieja trampa para osos.

Milagrosamente, no cayó sobre las afiladas estacas de madera. Sin embargo, no pudo salir del pozo sin ayuda externa, sólo se hirió las manos. Siyana pasó dos días en la trampa para osos hasta que Lesyar la salvó de allí. El cazador llevó a la exhausta mujer a su cabaña, la calentó, la alimentó y le vendó las heridas de las manos. En agradecimiento por la ayuda y los cuidados, Siyana se ofreció a decirle la suerte al cazador, que siempre llevaba consigo.

Sin embargo, Ladomira no sabía que Siyana lanzaba piedras con signos grabados en ellas y pensaba.

—¿Qué ves, Siyana? —le dijo el cazador con impaciencia.

—Tu destino no es fácil, —respondió misteriosamente la mujer. —He oído que le gustas a Vila. ¿Es cierto?

Lesyar se rió y sacudió su desgreñada cabeza rubia.

—Fue una cuestión de varias veces. Es hermosa cuando se convierte en niña, —admitió el cazador. —No te atormentes, di que las runas presagian.

Siyana cerró los ojos.

—Ojalá no te lo hubieras preguntado.

Lesyar se tensó.

—¿Ves mi muerte?

Siyana asintió.

—Pero no ahora, sino más tarde. Las runas dicen que obtendrás lo que deseas en secreto. Pero eso te destruirá. Ten cuidado.

Capítulo 3

Invoco la luz de la Rod del Altísimo, el poder vivificador de los dioses de nuestros antepasados.

***

Finalmente, el bosque frente a Ladomira terminó, vio un gran prado con el puesto de avanzada erigido en él. El hijo mayor de Knyaz Radomir, Kalegast, gobernaba aquí.

La muchacha se acercó a la puerta abierta de par en par de la que partía el destacamento de caballos. Uno de los jinetes la reconoció:

—¡Hola, Ladomira! —dijo—. He visto a tu hermano Korshen agitando su espada. ¿Le has traído algo de comer?

La muchacha asintió como respuesta. Los jinetes, espoleando los talones de sus caballos, se precipitaron por el camino de carros hacia Alba.

Mientras tanto, Ladomira entró en el territorio del puesto de avanzada. Había centinelas en las torres de vigilancia. Todo en Knyazhich estaba pensado hasta el más mínimo detalle. Además de los centinelas situados alrededor de las torres de vigilancia, también ordenó la vigilancia secreta en el bosque a lo largo del camino que lleva a Velegosh. Kalegast también atrajo al servicio a los cazadores locales. Los que se dedicaban a su oficio, y no se olvidaban de vigilar e informar a Knyazhich de todas las novedades y de todos los casos sospechosos. Kalegast premió a todos generosamente por su fiel servicio. Por ello, Knyazhich apreciaba a los Bodrichi locales. A veces, cuando se producía una pérdida de cosecha, Kalegast ayudaba a los agricultores locales, y éstos rezaban por él a la diosa Ziva, al dios Triglav y a Lada. Es decir, Knyazhich llevó una política sabia, protegió a sus compañeros de tribu, sirvió fielmente a su tierra natal, a su padre, a su familia y a Velegosh. Kalegast veneraba a Triglav de tres caras como dios de la guerra. Y no olvidó a los hijos de Triglav: Ruevit (siete caras) y Radegast. Al entrar en el puesto de avanzada con sus guerreros, ordenó inmediatamente la construcción del templo, donde se alababa a Triglav y a sus hijos.

Ladomira pasaba libremente por largas casas, más bien graneros donde vivían los guerreros, hasta llegar a la arena.

A partir de los trece años, los adolescentes eran llamados por Knyaz Radomir al servicio militar. Era obligatorio y honorable durante tres años. Entonces el joven decidía: volver a su casa natal, casarse y tener hijos, adquirir un hogar o dedicar su vida al servicio militar en toda su extensión.

Muchos jóvenes Bodrichi querían quedarse en el pelotón de Knyazhich Kalegast o Voivode Kolot. Porque la competencia era feroz.

En la arena, los reclutas adolescentes luchaban con espadas de madera para no herir a un compañero debido a la inexperiencia. Tras esconder la mano izquierda bajo el escudo, los reclutas imberbes agitaban sus espadas de entrenamiento: golpe, bloqueo. Otro golpe y bloqueo de nuevo.

Un poco más lejos de los reclutas, los guerreros knyazhich luchaban con espadas de verdad. Luchaban, por regla general, antes de la primera sangre. A menudo sus camaradas observaban la batalla y discutían sobre quién ganaría - sobre la jarra de hidromiel o sobre Surya. Aunque Kalegast no aprobaba la embriaguez, a veces permitía que sus guerreros y reclutas bebieran.

Ladomira estaba junto a la arena: los escudos golpeaban, el hierro repiqueteaba. A cierta distancia, los reclutas corrían alrededor de la arena con sacos al hombro llenos de arena, desarrollando su resistencia. Uno de ellos, sofocado, no pudo soportarlo y cayó de rodillas. Un camarada mayor se acercó a él:

—¡Levántate, cariño! ¡Levántate! Si el sajón viene del otro lado de Alba, no tendrás tiempo de descansar.

El joven, tras reunir sus últimas fuerzas, se levantó del suelo y volvió a correr por la arena.

Ladomira suspiró con fuerza. Era dos años más joven que su hermano Korshen, que se había convertido recientemente en guerrero, y sospechaba que su servicio en el primer año no era fácil. La muchacha volvió a mirar alrededor de la arena... En la alta empalizada que rodeaba el puesto de avanzada, un grupo de guerreros lanzaba lanzas contra muñecos de trapo de altura humana que emitían los oponentes. Cada uno de los Bodrichi debía dar en el blanco.

Uno de los guerreros lanzaba el lazo, se hacía un lazo, no por diversión, desarrollaba la agilidad. Luego practicaron con lanzas largas equipadas con un gancho especial, por lo que en la batalla era posible tirar de un caballero con armadura de un caballo.

Los jóvenes eran llamados al puesto de avanzada a mediados de la primavera. Pero al final del verano, sentados en un caballo, los reclutas se sorprendían de su fuerza. La manada de Knyazhich Kalegast no era pequeña: contaba con casi cien caballos excelentes, sin contar los potros.

La manada requería un cuidadoso mantenimiento. Y por ello, Knyazhich tenía muchos mozos de cuadra, a los que exigía que cumplieran todas sus obligaciones, porque el propio Knyazhich amaba a los caballos como si fueran sus hijos. Los mozos de cuadra conocían su oficio, no se ofendían con Knyazhich cuando les maldecía de vez en cuando, para que no fueran vagos o gordos con el sueldo del Estado. Los mozos de cuadra rezaban a Avsen, considerado el patrón de los caballos en el Bodrichi, y no se olvidaban de Veles. Porque, desde la antigüedad, se creía que no sólo era un poeta y narrador, sino también un «dios bestial». Y el caballo es un animal doméstico, inteligente y útil.

La Bodrichi no olvidó ofrecer oraciones al dios Veles:

"Veles es sabio, nuestro padre. Escucha nuestras oraciones, vuelve tus ojos a nuestras obras, míranos, hijos

nuestros, nos presentaremos ante tus ojos. Te presentamos nuestros trabajos con la pureza de nuestros corazones. Por cada día, y cada hora, quédate cerca de nuestras almas. Toma nuestras obras, y sé un asistente en ellas. Eres un mago y un hechicero guiando, vigilando al ganado y a las bestias, persiguiendo a los demonios, expulsando el dolor y la enfermedad, dando vida a la gente, acepta esta alabanza de nosotros -tus hijos. Nosotros que te honramos y amamos, y que damos amor de corazón, y tú también nos amas con tu amor- tus hijos. Toma en tus manos nuestras obras. Conecta en una sola, para que con las almas tranquilas y discretas, tratemos en beneficio de nuestras familias, de nuestros hijos y de nosotros mismos, y condúcenos a la plenitud. Haz que conozcamos de ti la dulzura de la vida - rica. Y ahuyenta nuestros miedos e intrigas con tu azote, concédenos la fuerza de una fracción de tu fuerza. Mi padre, el gran Veles, en armonía con todos los parientes, en el mundo espiritual mora en la familia, dame paz y prosperidad, tranquilízame bajo tu mirada, bajo tu protección".

Por las noches, sentados en los fogones de hollín, los guerreros y reclutas comían y servían con avidez, después de entrenar y servir, con avidez. Kalegast no escatimaba nada para su gente. Después de una abundante cena, los guerreros querían dormir. Los guerreros de la avanzada dormían en las polatias bajas, cubiertas con suaves pieles de oso, cabra, oveja, zorro y lobo. En las polatias dormían calentitos y cómodos. En las izbas (cabañas) olían a carne frita, a humo, a paños sudados. El olor era pesado, pero el sueño era dulce.

Los sajones no atacaron a los Bodrichi durante mucho tiempo, pero enviaban sus espías con regularidad. A menudo su papel lo desempeñaban los sajones, fanáticamente devotos del culto a Logos. Pero a veces los eslavos del número de moravos capturados, Luzhany y Lutici también se abrieron paso en el territorio Bodrichi. Los sajones convertían a los cautivos a su fe, tomaban a sus esposas e hijos como rehenes y los enviaban ellos mismos a espiar a los Bodrichi o pomeranos. Y no tuvieron más remedio que servir a sus nuevos amos.

Uno de estos espías sajones, al regresar a Hammaburgo, informó a Friedrich von Hogerfest, el Landmeister de la Orden de la Cruz de Oro:

"Las cabañas de Bodrichi están construidas, o mejor dicho, escondidas en las profundidades de los bosques, en las orillas de los ríos y pantanos, y las honraremos si comparamos estas construcciones con las de los castores. Al igual que las construcciones de los castores, tienen dos salidas, una a la tierra y otra al agua, para simplificar la huida de sus habitantes salvajes. Los eslavos debían su sencilla alimentación no tanto a su laboriosidad como a la fertilidad del suelo, y los campos que siembran con trigo y mijo les dan, en lugar de pan, un alimento basto y menos nutritivo, es decir, gachas. A veces luchan a pie y casi desnudos y no llevan ninguna armadura defensiva, salvo un pesado escudo. Sin embargo, los guerreros de Knyaz disponen de una excelente munición: una coraza de cuero hervido, adornada con pezuñas de caballo para darle fuerza, y los más ricos, con escamas de metal. El arco, un carcaj con pequeñas flechas envenenadas y una larga cuerda que lanzan hábilmente desde lejos y tiran en el lazo sobre el enemigo sirven como armas de ataque. El Bodrichi también está armado con largos picos con ganchos en el extremo para aferrar al jinete a la armadura y tirarlo al suelo desde la silla de montar. En las batallas, la

infantería eslava se distingue por su velocidad de movimiento y reagrupación, su destreza y su valor. Los Bodrichi nadan, bucean como los peces y pueden permanecer bajo el agua durante mucho tiempo con la ayuda de tubos de caña huecos a través de los cuales respiran aire en su interior. Así pueden emboscarse en ríos y lagos".

Los guerreros que servían en el puesto de avanzada conocían a Ladomira de vista. Al principio, muchos se fijaron en una hermosa muchacha hasta que se enteraron por Korshen de que su hermana es una novicia en el Templo de la diosa Madre Tierra Húmeda y pretende convertirse en sacerdotisa a su debido tiempo. Desde entonces, los habitantes del puesto de avanzada fueron respetuosos con Ladomira. Sólo un loco se aventuraría a enfadar a la gran diosa para recibir el favor de su novicia.

Un hombre alto llamado Martillo se acercó a Ladomira, que sirvió en el puesto de avanzada durante cuatro años y finalmente se convirtió en guerrero.

—¡Hola, Ladomira! —saludó Martillo.

La muchacha se inclinó respetuosamente ante el guerrero, apretando su bolsa contra el pecho. —¿Habrás visitado a tu hermano?

Ladomira asintió como respuesta.

—No lo vi en la arena. Pero otros guerreros dijeron que agitó su espada allí.

El Martillo se rió.

—Rápido, tu hermano. ¡Es difícil de detectar! Salió de la arena. Está en la avanzada; ¡las lanzas se lanzan a los jinetes!

Ladomira se inclinó ante el Martillo.

—Gracias, —respondió ella y volvió a la puerta.

Detrás del puesto de avanzada, en un lugar llano, despejado de árboles y raíces, Knyazhich ordenó la instalación de grandes escudos hechos de tilo. Uno de los guerreros pintó en los escudos con hollín, diluido en aceite de girasol, jinetes.

Kalegast siempre decía a sus subordinados:

—El arquero necesita una mano fuerte, así que no dejes pasar un día en la arena sin tensar la cuerda del arco y arrojar una lanza.

La ciencia de los reclutas de jabalina era difícil. Regó muchas lágrimas de resentimiento cerca de los escudos pintados.

El Desyatnik mayor llevó a sus estudiantes a los escudos al amanecer. Y comenzaron a entrenar... a lanzar lanzas, y a sacarlas del suave tilo del escudo. Sin embargo, el tiempo pasó, la mano se hizo más fuerte, el ojo se volvió agudo. Al principio, los reclutas golpeaban los escudos con lanzas a corta distancia, y finalmente se alejaban de ellos trescientos pasos.

Pero arrojar una lanza, esto no es disparar con un arco - en el primer día los reclutas comienzan a entenderlo. Aunque todos los adolescentes de Bodrichi, ya sea un niño o una niña, sabía cómo usar un arco. Con flechas caseras, cazaban pequeños animales en el bosque para conseguir comida para la familia.

Los guerreros de Knyazhich Kalegast, vestidos con una armadura escamosa con cascos de caballo cosidos sobre cuero grueso, con una espada o un hacha en el cinturón o a la espalda, con un escudo en la mano izquierda, con una lanza en la mano derecha, un carcaj y un arco a la espalda, con un cuchillo en las botas, estudiaban caminando juntos en un grupo. Aprendieron a correr con una pared, a girar como uno solo, a detenerse por orden de Knyazhich. Las filas delanteras al mismo tiempo, por orden, lanzaban lanzas a un enemigo imaginario, seguidas por las filas traseras de guerreros. Muchas lanzas se elevaron en el aire.

Luego, divididos en dos destacamentos, cerrados con escudos y desenvainando espadas, se atacaron a la carrera.

Todos los Bodrichi -hombre y mujer- sabían montar a caballo con brida, silla y a pelo. Sin embargo, cada guerrero estaba entrenado para controlar el caballo sólo con los pies, liberando sus manos para la batalla. Es decir, sin usar la brida.

Hace mucho tiempo, los avanzados desarrollaban la fuerza de las piernas. Daban al recluta una piedra, enfundada en cuero, que pesaba alrededor de un pood (1kg). Y mantenían sus rodillas en pie. Los reclutas se cansaban rápidamente, y la piedra caía al suelo. Pero después del primer año de servicio en el puesto de avanzada, el joven de Bodrichi no necesitaba riendas, gobernaba el caballo sólo con los pies. Los guerreros experimentados para castigar al caballo, por lo que las piernas podrían ser apretado, que las costillas se rompió en los caballos.

Y después de dos años de servicio militar, Bodrichi golpeaba con un arco y lanzaba lanzas desde los caballos, como si lo hiciera desde un suelo duro. Los guerreros ecuestres de Kalegast, cuando salían del puesto de avanzada, marchaban uniformemente, cuatro jinetes en fila. Los experimentados mozos de cuadra adiestraron a los caballos jóvenes para que se tumbaran en el suelo y se quedaran quietos con la cabeza pegada a la tierra, con el fin de esconderse del enemigo en un campo o en un bosque, si fuera necesario.

Ladomira salió por la puerta y rodeó el puesto de avanzada. Un campo apareció ante su mirada. A trescientos pasos de ella había escudos de cal que representaban a jinetes sajones. Un grupo de guerreros practicaba junto a ellos, entre los que la muchacha vio por fin a Korshen.

Korshen, un apuesto joven de diecisiete años, parecía mayor que su edad. Era fuerte, los músculos desarrollados eran claramente visibles en el torso desnudo. Korshen agarró una lanza y lanzó doscientos pasos hacia el jinete dibujado en el escudo. La lanza golpeó al sajón en la cabeza. Korshen levantó la cabeza y se rió.

—¡Otra vez lo golpearé en el ojo!

Una risa amistosa fue apoyada por sus camaradas. Uno de ellos miró a su alrededor, se fijó en Ladomira y se lo contó a Korshen. El joven guerrero se acercó inmediatamente al Desyatnik, que estaba observando el entrenamiento. El respetable Desyatnik asintió con la cabeza: permitió a Korshen ver a su hermana, que, seguramente, había traído los pasteles de su madre con col.

En el puesto de avanzada se alimentaban bien, pero no había pasteles. Al principio, los compañeros se burlaban de la debilidad de Korshen por las tartas. Pero con el tiempo dejaron de hacerlo: Korshen se apresuraba a pelear. No le asustaban las peleas a puñetazos.

Las peleas de Korshen en el puesto de avanzada cesaron rápidamente. Sin embargo, él mismo organizaba a menudo combates cuerpo a cuerpo como entrenamiento, porque el entrenamiento de los nuevos reclutas y guerreros no estaba de más. Los equipos formados se mezclaban para que lucharan en igualdad de condiciones: de guerreros experimentados y de reclutas. Tras la primera batalla, el novato Korshen se ganó la aprobación de uno de los Desyatnik, con el que luchó en el mismo equipo. Le dio una palmadita en el hombro al joven y le dijo:

—¡Bien hecho, tío! Pero no te apartes del camino correcto.

Korshen se acercó a la hermana y la abrazó.

—Cuánto tiempo sin verte, —dijo—. ¿Cómo están papá y mamá?

Ladomira sonrió.

—Madre, como siempre, está ocupada con las tareas domésticas. El padre en el Templo ofrece oraciones. Mamá ha horneado pasteles con col, arándanos rojos del año pasado y carne de ganso, al mencionar esos platos a Korshen se le iluminaron los ojos.

—Ya sabes: nadie come solo en el puesto de avanzada.

Ladomira sonrió

—Por supuesto que lo sé. ¿En qué año voy a verte? Mira, qué bolsa más pesada te he traído.

—Pronto llamarán para comer. Así que invitaré a mis amigos.

Ladomira le dio la bolsa a su hermano.

—Has madurado, Korshen. Te has convertido en un hombre adulto, —comentó la hermana.

—¡Ahora soy un guerrero de Knyazhich! —respondió el hermano con orgullo.

—Ya lo sé... Pero madre está muy triste. Voy a servir a la diosa en el Templo, ahora eres un guerrero. Y ella quiere cuidar de sus nietos.

—¡Es demasiado pronto para pensar en niños! —respondió Korshen. —La vida de un guerrero es mucho más agradable para mí.

Hablando un poco más con su hermano, despidiéndose con un abrazo, Ladomira se dirigió a la puerta. La llamó Sotnik de Knyazhich.

—¡Ladomira! Knyazhich ha pedido que le envíes una carta a su esposa. Y le entregó a la muchacha un pergamino.

Ladomira se inclinó respetuosamente.

—Dile a Knyazhich Kalegast que visitaré a su esposa Lyubava a su regreso a Velegosh.

—Gracias, —respondió el Sotnik.

Y Ladomira regresó.

Se hizo de noche. Ladomira pasó la pequeña puerta del castro por el puente. Pasarán unas semanas más, y la gente del pueblo conducirá el ganado a este pasto de esta manera. Para entonces la hierba se volverá verde y brillante. Y las vacas, las ovejas, las cabras y los caballos que permanecieron en los establos todo el invierno y la primavera disfrutarán de libertad y de hierba fresca.

Ladomira pasó por la plaza del mercado - la casa de Knyaz que se encontraba frente al terem pintado de sus padres, y tenía un aspecto mucho más modesto. Knyaz Radomir, el gobernante de Velegosh, no malcriaba a su hijo. Tal vez por eso Kalegast creció tranquilo, justo, omnisciente, evitó el lujo, compartió todas las penurias del servicio con sus guerreros. Él mismo construyó una izba después de la boda para su familia. Le ayudaron sólo dos hombres que entendían bien en la construcción. La dote de Lyubava era rica. Aunque se rumoreaba en Velegosh que Knyazhich se hubiera casado con Lyubava, hija del Voivode Kolot, sin dote. Él la quería mucho.

Pero Kolot se dio por satisfecho: ¡la hija es la esposa de Knyazhich! No está lejos el día en que la soberana Knyaginya se convertirá. Sin embargo, Kolot no quería que Radomir muriera. Reverenció a Knyazhich, como era de esperar, le sirvió fielmente.

La casa de Knyazhich estaba rodeada por una sólida valla de altura humana. Por las puertas, con la imagen del pájaro de Sirin tallada en ellas, podían pasar fácilmente tres jinetes.

Ladomira entró por la puerta: el patio estaba lleno de vida. Las gallinas corrían por el suelo, entre ellas dos gallos caminaban de forma importante. Uno era un gallo viejo, con una peineta roja brillante en la cabeza y un plumaje dorado. Y el segundo gallo era joven, de color blanco-marrón, cuya cresta sólo llegaba hasta la cabeza.

El gallo dorado mayor, picoteando el suelo con sus tenaces garras, intentaba extraer el gusano y darse un festín con él. El gallo joven picoteaba mijo del comedero.

Cerca de las dependencias había varias jaulas con tres faisanes, una docena de codornices y dos liebres. Ladomira se enteró de que Lesyar entregaba a menudo a los animales del bosque para Knyazhich.

Aquí había un corral de verano con cabras; un joven pastor las sacaba del pastoreo y, junto con una vaquera, cuidaba de los animales en el corral. En el establo, las vacas mugían con la ubre llena de leche. La pastora, tras terminar el trabajo en el corral, se apresuró a acercarse a ellas.

Desde el corral más lejano se oyó un gruñido amistoso: los cerdos exigían una cena abundante.

En el patio salía un leve humo aromático del techo de la izba. Ladomira respiró hondo: el hambre se hizo sentir con fuerza. Se acercó a la casa, empujó una pesada puerta estrecha de roble con potentes bisagras de cobre (en caso de defensa). Luego pasó por lúgubres pasillos forrados con alfombras de rayas caseras y suelos de tierra. Allí la luz penetraba a través de pequeñas ventanas con inserciones de mica. Ladomira abrió otra puerta baja. Los artesanos la hicieron así no por la economía de los mercuros de Knyaz, sino para que en invierno el calor no saliera de la cámara.

La muchacha entró por la puerta, haciendo una reverencia. En el centro de la espaciosa habitación, vio un hogar hecho de piedra salvaje elaborado por un artesano. El fuego ardía caliente en él, un joven jabalí asado en un espetón. El cocinero lo regaba con Surya con hierbas para que la carne fuera suave y sabrosa.

Sobre el hogar, el techo se abría en verano para que el humo saliera de la habitación. En invierno, el techo estaba cerrado, el humo salía por la puerta abierta. Pero cuando la leña ardía y la puerta estaba cerrada, se calentaba en izba.

Cerca del hogar había una mesa de madera maciza, a lo largo de la cual se situaban amplios bancos que, en caso de necesidad, servían de «cama» para los invitados, que llegaban tarde. A lo largo de la pared, frente a la mesa, había estantes de madera en los que se colocaban utensilios domésticos y cerámica. Debajo de la estantería inferior había un arcón de madera, donde el propietario ponía la comida cocinada, si era necesario, para no atraer a los roedores.

Todo en la casa de Knyazhich era limpio y cómodo. Lyubava, la joven Knyazhna y cónyuge de Kalegast, era considerada una mujer pulcra en Velegosh. Ella hacía la limpieza en Izba cada mes para limpiar de hollín las paredes, la mesa y los suelos.

Hacia el rincón rojo, situado siempre a la derecha de la ventana, había un sheaf (paquete) del año pasado. Sobre ella había una muñeca hecha de paja por la hábil mano de la Knyazhna. La muñeca representaba a la diosa Madre Tierra Húmeda. La muñeca iba vestida con una camisa roja, ceñida con un fino cinturón tejido (de ahí su nombre: rincón rojo). A ambos lados de la última gavilla había otras dos muñecas de paja con túnicas amarillas brillantes. Eran las diosas Ziva y Mokosh. Rozhanitsy, diosa del destino (hermanas de Ziva e hijas de la Madre Tierra Húmeda), ambas con túnicas blancas, hilando en sus ruecas mágicas y enrollando los hilos del destino en el huso, estaban sentadas en un banco cerca de la pared, no muy lejos de otras muñecas. Las Rozhanitsy de paja «sostenían» en sus manos pequeños husos tallados en madera con hilos de lino rojos enrollados alrededor de ellos pintados en rojo. El rincón rojo, la Knyazhna, como era de esperar, se actualizaba después de la cosecha: hacía prototipos de diosas de la última paja, las vestía con camisas nuevas.

Cerca de la ventana abierta, Lyubava trabajaba en un pequeño telar. Manejaba con destreza una lanzadera de madera. El telar era una tabla plana en la que se hacían varias docenas de ranuras longitudinales. En cada «columna» que separaba las dos ranuras se hacía un agujero. Dichos agujeros podían ser verticales, de uno a tres, lo que permitía hacer un patrón más intrincado, trabajando con hilos de diferentes colores. Al crear el tejido, los hilos se enhebraban en el telar, tanto en las ranuras longitudinales como en los agujeros «columnares». A continuación, las partes necesarias del telar se movían hacia arriba y hacia abajo. Los hilos de las ranuras longitudinales permanecían inmóviles, y los hilos enhebrados en los agujeros se desplazaban hacia arriba y hacia abajo. De este modo, se creaba una «faringe», el hueco entre los hilos de la urdimbre. En esta «faringe» se enhebraba un hilo, con las manos o con la ayuda de una lanzadera de madera. Así, la mujer creaba un paño estrecho de tela o cinturón. Lyubava hizo un gran uso del telar y proveyó a su familia, así como a Knyaz el suegro con su suegra con cinturones de extraordinaria belleza, toallas, manteles.

Una hermosa joven, Zabava, la confidente de Knyazhna, también se sentaba junto a la ventana. Delante de ella había un trípode con un aro. Zabava bordaba con entusiasmo un estampado floral para una camisa festiva que pretendía llevar en la próxima fiesta de la Madre Tierra Húmeda.

Una parte de la habitación estaba separada por una cortina de lino. Detrás de ella estaba la cama conyugal de Kalegast y

Lyubava con una manta de verano y almohadas de plumas, junto a ella - una cama infantil en forma de colchón relleno de heno, cubierto con la piel de un lobo. Una niña de tres años estaba sentada en el suelo cerca de Lyubava, concentrada en enrollar hilos de colores alrededor de su dedo.

En un rincón había un baúl en el que los dueños guardaban ropa y joyas...

—¡Hola Lyubava! Hola Zabava! —saludó la invitada.

Knyazhna se volvió. Zabava asintió, sin levantar la vista de la labor de aguja.

—¿Ladomira? ¿De negocios, o de visita? —se apresuró a decir.

—Recibí una carta de Kalegast desde el puesto de avanzada. Fui allí a visitar a mi hermano... —La chica entregó el pergamino a Knyazhna. Ésta examinó rápidamente el pergamino...

Zabava soltó una risita.

—¿Seguro que le has traído algunas tartas? —preguntó.

Ladomira bajó la mirada.

—No te enfades, —dijo Zabava de forma conciliadora. —Todo el mundo en la ciudad y en el fuerte de la colina lo sabe: estás horneando magníficamente.

Lyubava se levantó de un telar.

—Siéntate a la mesa, Ladomira, prueba nuestra comida. Tu camino no estaba cerca. Estás cansada, seguro... La carne aún no está frita. Pero hay otra comida...

Lyubava señaló a la invitada a la mesa, no se atrevió a negarse. No todos los días en la casa de Knyazhich Kalegast la invitan a cenar.

La Knyazhna abrió el arcón y sacó una cacerola de barro profunda con jamón de cabra salvaje hervido, sazonado con hierbas y nabos. La puso en el centro de la mesa y colocó junto a ella un largo cuchillo con empuñadura de hueso.

—Kalegast. Enviado ayer desde el puesto de avanzada. ¡Como si no hubiera carne en casa! Lesyar trae un animal del bosque cada día.

La muchacha que cocinaba la carne de jabalí salió de la habitación y pronto regresó con una korchaga de barro con leche fresca y, haciendo una reverencia, la puso sobre la mesa. Mientras tanto, Knyazhna sacó del arcón un recipiente de miel y un trozo de pan recién horneado.

La muchacha, al sentir otro ataque de hambre, cortó hábilmente con un cuchillo un trozo de carne de cabra hervida y lo mordió. La carne estaba bien cocida y absorbía el aroma de las hierbas. Tras masticar, la invitada comenzó a comer un rábano.

Lyubava, haciendo un gesto para pedir pan, se quejó:

—Queda poco grano del año pasado. Nos estamos preparando con el grano viejo. No te ofendas.

Ladomira probó el pan: efectivamente, el pan en la casa de Knyazhich no tenía buen sabor. El verano sólo comenzó - antes de la cosecha de trigo durante al menos tres meses. Sin embargo, pronto habrá una cosecha de centeno de invierno.

***

Todos los años, en medio del Traven, desde el mismo momento en que los vyrajianos llegaron al mundo de las personas y se instalaron en él, la Madre Tierra Húmeda sentía cómo sus fuerzas disminuían. Esperaba ansiosa la fiesta que se le dedicaba para llenarse de Vatten terrenal.

Todas las tribus orientales eslavas más allá del río Alba: Bodrichi, Lutici, Luzhany, Pomeranians, Vyatichi, Volhynians, Moravians, Polyans y otros se preparaban para honrar a la gran diosa. En los castillos de Jaromargrad, en las islas de Rügen, Velegosh, Szczecin, Cherven, Stargard, Cracovia, Porevit, Praga y sus alrededores se preparaban para la fiesta de primavera. Los campesinos acudían a los castillos para participar en la fiesta y rendir homenaje a la diosa.

En este día, según las creencias eslavas, la Madre Tierra Húmeda, despertada del sueño invernal, descansa el último día y no se puede arar, cavar, clavar estacas en ella.

En este día, los eslavos ofrecían oraciones a Veles, como dios del ganado, y a Mokosh, la patrona de la fertilidad, el tejido y el hilado. Los sacerdotes de Veles salían al campo, se tumbaban en el suelo y escuchaban la tierra. Luego realizaron el rito sagrado: vertieron Surya mezclado con granos en el suelo, y dijeron el conjuro:

"¡Madre Tierra Húmeda! Protégenos de todo lo impuro y de todo lo malo".

Girando hacia el oeste, continuaron:

"¡Madre Tierra Húmeda! Absorbe el poder impuro en los abismos que bullen, en el alquitrán combustible".

Girando hacia el este, dijeron:

"¡Madre Tierra Húmeda! Calma los vientos, las arenas y las ventiscas".

Girando hacia el norte, dijeron:

"¡Madre Tierra Húmeda! Aleja los vientos de medianoche con nubes, aleja las heladas con ventiscas".

En este día, las mujeres profetizaron con signos del futuro. Los guerreros, dejando las armas y colocando un trozo de césped sobre sus cabezas, hicieron el juramento a la Madre Tierra Húmeda, comprometiéndose a proteger la tierra de los enemigos.

Una joven pareja, tras recibir la bendición del Sacerdote de Veles, salió al campo, se acostó sobre la Madre Tierra Húmeda y concibió hijos.

En Velegosh, la joven Zabava con su marido Yar recibió este honor. La procesión, encabezada por el Sacerdote de Veles, salió de las murallas de la ciudad, se paró cerca del campo con cultivos de invierno. Zabava con el cabello suelto, vestida con una nueva camisa de tela bordada con hilos de colores, la que trabajó en la casa de Knyazhna Lubava, iba de la mano de su marido Yar.

Zabava se quitó la camisa delante de los Bodrichi, de pie cerca del campo. Entre los Bodrichi había tanto niños como adultos. Al fin y al cabo, el coito sagrado no se consideraba una voluptuosidad, sino un honor a la diosa. Yar extendió la piel del lobo sobre los cultivos de invierno, se quitó los pantalones y atrajo a su esposa.

Una brisa corriente barrió los cabellos de miel de una joven...

Ladomira, de pie junto a la Sacerdotisa principal del Templo de la Madre Tierra Húmeda, admiró el coito de Zabava y Yar. Entonces, la excitación y la languidez la invadieron: un pulso palpitante en el bajo vientre. Según los relatos de las muchachas, Ladomira sabía - que se trata del deseo de estar con un hombre. La imagen de Lesyar apareció claramente ante sus ojos...

Cuando el coito de los jóvenes esposos llegó a la etapa final, Ladomira sintió un aliento caliente detrás de ella. Se volvió ligeramente. *"¡Leyar!"* Se dio cuenta como un rayo. *"¡Leyar! ¡Me tienta en una fiesta sagrada!"*

Pero la ira de Ladomira se extinguió y no se encendió. En el fondo, lamentaba no poder entrar en el campo con las cosechas de invierno con el cazador y estar en público con él como esposa.

Finalmente, la joven pareja, tras completar la sagrada acción de amor, abandonó el campo. Los Bodrichi los saludaron con gritos entusiastas.

Lesyar, aprovechando el impulso religioso del público, se aferró al oído de Ladomira.

—Te esperaré en mi cabaña cuando anochezca.

La muchacha retrocedió asustada, miró a las sacerdotisas y a las novicias; éstas, embargadas de alegría, alabaron a los jóvenes esposos y a la gran diosa.

Era el turno de la sacerdotisa principal del culto a la Madre Tierra Húmeda. Subió al campo con cultivos de invierno y lo roció con el Surya del recipiente sagrado del Templo. Luego, Bodrichi se dirigió a un campo sin cultivar, que esperaba entre bastidores. La Sacerdotisa principal roció con Surya y su. Bodrichi, habiendo preparado unas bolsas especiales que se llevaban al cuello durante todo el año, recogió en ellas puñados de tierra consagrada.

Ayer, las Sacerdotisas del Templo de la Madre Tierra Húmeda, con la ayuda de las novicias, erigieron en uno de los campos un círculo protector de piedras e instalaron en su interior un altar de piedra.

Sobre el altar de piedra se instaló una antorcha, a la que se prendió fuego con el fuego sagrado obtenido por fricción. Cerca del altar, se colocaron dos recipientes a la izquierda y a la derecha, llenos de agua de manantial. En primer lugar, se tomó un recipiente, colocado a la izquierda, se llevó a la frente, y la Sacerdotisa principal pidió a la Madre Tierra Húmeda que la bendijera. Luego dijo:

—¡El dolor de la caja de otro, de donde viniste, fue allí! ¡Quién te ha enviado, te ha echado de menos! Te conjuro, te envío de vuelta por los ríos azules, por las altas montañas, a donde los hechizos no te encuentran. Vuelve con quien te envió, con quien no conoció el dolor. Quédate con él o ella y no vuelvas.

La Sacerdotisa hizo la misma acción con el recipiente derecho. Entonces las sacerdotisas entraron por turno en un círculo de protección, se colocaron ante el altar, levantaron las manos al cielo y pronunciaron una oración en un solo impulso religioso. Las novicias, de pie fuera del círculo, se hicieron eco:

"Tú eres, Madre Tierra Húmeda,

tierra nativa, ¡nuestra madre es generosa!

Nos diste a luz a todos nosotros,

nos embriagaste y alimentaste

Nos diste los campos

Has cultivado todos los cereales.

¡Perdónanos si te hicimos enfadar!

Nos inclinamos ante ti,

te hacemos regalos,

¡Hablamos con gran gloria!

Tú, Madre Tierra Húmeda,

¡tierra nativa, madre que todo lo bendice!

Gloria siempre despierta

¡Abundante, generosa con la gente!

Da vida, protege a nuestro clan,

Sé sagrada por siempre y para siempre".

Ladomira se concentró con dificultad para pronunciar correctamente las palabras de la oración, que parecía conocer desde la infancia. Contra su voluntad, las palabras de Lesyar sonaron en su cabeza:

—Te esperaré en mi cabaña cuando anochezca.

Ese día, el pájaro Sirin rodeó las tierras del Bodrichi. Observó cuidadosamente la acción sagrada, tomando la forma de un esponjoso pájaro gris de los kuksha. Tras regresar a Radogosh, debía dar un informe detallado a la Madre Tierra Húmeda. Para entonces, la diosa ya se había nutrido de nuevos poderes.

En el día de la fiesta de la Madre Tierra Húmeda, muchas tribus eslavas, vecinas de Bodrichi de año en año, observaban en el cielo enormes pájaros voladores de extraordinaria belleza y los consideraban mensajeros de la gran diosa. Los eslavos no se equivocaban, ya que los pájaros que se elevaban en el cielo, Semargl, Gamayun y Alkonost, cumplían realmente su misión, y además atraían a Vatten con las oraciones que ofrecían.

***

La leyenda de la Madre Tierra Húmeda, escrita por Veles en la ciudad de Radogosh

Cuando llega la primavera, el trueno despierta a la Madre Tierra Húmeda. Cuando se despierta, rejuvenece, se adorna con flores, reparte fuerza y juventud por todas partes.

La Madre Tierra Húmeda se regocija con el sol, dando a la gente cosechas. Y se duerme en invierno para despertar en primavera del sueño invernal.

Érase una vez, la Madre Tierra Húmeda yacía en la oscuridad y en el frío. Estaba muerta, no había nada: ni luz, ni sonidos, ni movimientos.

Y entonces Jarilo dijo que él mismo tenía que mirar a través de la oscuridad a la Madre Tierra Húmeda, ¿qué es ella? Y la mirada ardiente de Jarilo atravesó la oscuridad que había sobre la Tierra dormida. Y donde sus ojos atravesaron la oscuridad, el sol brilló allí. Y a través del sol se derramaron las ondas calientes de la luz de Jarilo.

La Madre Tierra húmeda comenzó a despertar del sueño y a beber los rayos de luz. Y de esta luz, la vida comenzó a derramarse sobre la Tierra. La Madre Tierra húmeda amaba a Jarilo, y de sus besos la Tierra se fue cubriendo de bosques, campos, ríos, lagos, flores y cereales. Aparecieron animales y pájaros en la tierra, peces en los mares y ríos. Todo en la Tierra cobró vida.

Y la Madre Tierra Húmeda siguió bebiendo rayos de luz y dio a luz al ser humano. Y cuando un humano salió de las entrañas de la tierra, Jarilo golpeó a un humano en la cabeza con una rienda de oro, un rayo feroz. Y de este golpe, nació una mente en un humano, y un humano comenzó a diferenciarse de los animales.

Y la Madre Tierra Húmeda se alegró de que el amor de Jarilo no tuviera fin. Pero después de algún tiempo empezó a hacer más frío, los días se hicieron más cortos. La Madre Tierra Húmeda se nubló de pena y empezó a llorar, empezó a llover.

Y entonces Jarilo le dijo a la Madre Tierra Húmeda para que no estuviera triste, porque la dejaría por poco tiempo, de lo contrario se quemaría bajo sus besos. Y mientras Jarilo se va, la Tierra dormirá bajo una capa de nieve antes de que él llegue. Y cuando llegue el momento, Jarilo enviará un mensajero a la Tierra, la primavera, y después vendrá. Después de eso, Jarilo se fue, y la Madre Tierra Húmeda se cubrió de nieve y se durmió antes de que llegara la primavera.

***

Al anochecer, cuando el crepúsculo descendió sobre Velegosh, Ladomira, impulsada por un sentimiento hasta entonces desconocido, abandonó la ciudad y se adentró en el bosque hasta la cabaña de Lesyar. La madre y su padre fueron al templo de Agunya. Miloslava horneó pan para apaciguar a la deidad a la que su marido había servido durante muchos años.

Kreslav se hizo sacerdote en su juventud. Una vez, en medio de un caluroso verano, la izba de su padre se incendió. En ese momento, él y su padre trabajaban en el campo. La madre y la hermana menor se dedicaban a las tareas domésticas. El fuego comenzó de repente por la chispa del hogar que cayó sobre los trapos, y se extendió por toda la izba. El árbol seco y el techo, cubierto de cañas, se incendiaron al instante. La madre, que estaba en el patio trasero, entró corriendo en la casa y apenas tuvo tiempo de sacar la cuna con su hija, cuando el techo se derrumbó...

Padre e hijo, ajenos a la desgracia, volvieron del campo por la noche y encontraron en lugar de izba unas cenizas. Todos los habitantes de Velegosh ayudaron a reconstruir de nuevo a las víctimas del incendio. Después, Kreslav se convirtió en novicio del templo del dios Agunya, y unos años más tarde en sacerdote. El culto del dios Agunya no prohibía a sus sacerdotes tener familia, porque Kreslav se casó con Miloslava. Y pronto nació Korshen.

Pero las pruebas de Kreslav no terminaron. A pesar de que servía en el templo de Agunya, tenía que trabajar en el campo para alimentar a su familia. Combinar estas dos responsabilidades no era fácil. Sin embargo, Kreslav no refunfuñó ante el destino y actuó como debía. Pero cuando Miloslava se quedó embarazada por segunda vez, ese verano comenzó una grave sequía. La hierba se volvió amarilla, la tierra se agrietó, los árboles dejaron caer las hojas, los pozos se volvieron poco profundos. Las sirenas llegaron a la orilla del lago del bosque... Sólo el pozo de Vila estaba siempre lleno de agua clara de manantial, y eso, a pesar de su mal carácter, lo compartía con Bodrichi. Es cierto que no se olvidaban de llevar generosos regalos al espíritu del bosque.

Las Sacerdotisas de los templos de Ziva y Dodola rezaban a las diosas en busca de ayuda. En toda la tierra de Bodrichi se realizaban rituales de vertido de agua sobre Dodola. Para llevar a cabo el rito de verter agua, se encontró a una niña huérfana que había nacido tras la muerte de su padre. A la niña se le ponían ropas verdes de color lino que imitaban a las plantas. Junto con la niña, las mujeres iban a los patios y a las casas y realizaban un canto ritual:

"El trueno es fuerte,

Rompe las nubes

Que llueva

Desde el cielo

Vierte, llueve,

A la mujer centeno

Sobre la semilla del abuelo -

Para que crezca a tiempo.

Vierte, lluvia

A nuestro centeno

Al trigo de la mujer

Sobre el mijo, las lentejas

A la cebada del abuelo

Vierte, lluvia, el día entero".

Tras realizar el canto y la danza rituales delante de la casa, los propietarios vertían agua sobre la niña. Imitando la lluvia, a veces la vertían a través de un colador, mientras Dodola giraba para rociar más agua a su alrededor. A continuación, los propietarios obsequiaban a los artistas. Los participantes en la procesión se repartían entre ellos los regalos y productos recogidos; la niña huérfana recibía una gran parte. Al final de la ceremonia, los participantes organizaron una comida conjunta.

Pero, por desgracia, no llovió. En vano los Bodrichi miraron el alto cielo azul con un sol ardiente. Las diosas Ziva y Dodola guardaron silencio.

Entonces Kreslav junto con los elegidos de la ciudad se recuperó en el Radogosh Sagrado para suplicar a la diosa Madre Tierra Húmeda. Los eslavos de las tierras de Lutici y Pomerania acudieron a la ciudad sagrada. Los peregrinos se postraron ante los muros dorados de la ciudad y rezaron a la Madre Tierra Húmeda día y noche.

Inmediatamente se sintió Vatten. A pesar de las prohibiciones de Triglav, Perun y Avsen, subió a las murallas de la ciudad y se presentó ante los peregrinos. Estos se alegraron: la diosa descendió sobre ellos desde el Gran Salón. Y les prometió lluvia...

***

Ese mismo día, estalló un escándalo en la cámara del clan de Triglav. Triglav, así como Perun, que acudió debido a los recientes acontecimientos con Dodola y Avsen, acusaron a la mujer de violar la ley de no intervención.

A lo que la Madre Tierra Húmeda respondió:

—¡Desde la antigüedad, odiaba esta ley! ¡La gente ofrecía oraciones a Dodola y Ziva! ¿Y qué? ¡Sigue sin llover! Las tierras de los Bodrichi, Lutici y Pomerania perecen. Sus pueblos morirán de hambre, no sobrevivirán al invierno. ¿Quién los alimentará entonces a todos con Vatten? ¡Así, la mayor parte de nuestra tribu ya se ha convertido en mortales y ha completado su viaje terrenal en las piras funerarias! Además, ¡Logos cada día más nos quita la fuerza! Te ruego que te olvides de esta ley, ¡si no la muerte nos alcanzará a todos!

Avsen agitó una larga barba blanca, como una luna.

—Rod no aprobaría tus palabras. Pretendes pasar la mayor parte de Vatten en la llamada de la lluvia. Sus fuerzas se agotarán... ...en el destino de las tribus locales.

Sin embargo, Ziva y sus hermanas Rozhanitsy tampoco apoyaron a su madre. La diosa no fue comprendida. Sin embargo, ocurrió un milagro: cuando los peregrinos volvieron a casa, empezó a llover. Para los habitantes de Radogosh, los vyrajianos, se convirtió en un misterio: ¿se trataba de una interferencia de la Madre Tierra Húmeda? ¿O llovía de forma natural? Hicieron un consejo en el que los vyrajianos finalmente llegaron a la conclusión: la lluvia vino por sí misma, sin la ayuda de Vatten de la Madre Tierra Húmeda.

***

Sin embargo, Kreslav, al regresar a Velegosh junto con la Bodrichi, hizo un juramento a la diosa: si tenía una hija, ésta se convertiría en Sacerdotisa del Templo de la Madre Tierra Húmeda. A su debido tiempo, Miloslava nació una niña, que en el Templo de la Madre Tierra Húmeda fue llamada Ladomira. Ante el rostro de la diosa, Kreslav repitió su promesa: Ladomira se convertirá en sacerdotisa.

Miloslava tomó la decisión de su marido, aunque no la soportó en su corazón. Porque ella lo sabía: en la Sacerdotisa de la diosa Madre Tierra Húmeda traían a las niñas de los huérfanos o de las familias donde nacen algunas hijas. Y sin Ladomira, había suficientes niñas que querían servir a su culto.

Recientemente, Miloslava quiso hablar cada vez más con su marido sobre el destino de su hija, pero no se atrevió. Quería convencer a Kreslav: Ladomira debería casarse, conocer la felicidad materna. Después de todo, su hijo mayor Korshen no tiene intención de casarse. Su destino es el servicio militar. ¿Qué será de su descendencia?

Ladomira salió tranquilamente por la pequeña puerta, corrió por el puente. Un poco más y los pastores llevarán el ganado a casa, y entonces las puertas se cerrarán por la noche. Pero a la muchacha le invadió la locura, se precipitó sin sentir la tierra bajo sus pies. Ladomira ya no estaba atormentada por las dudas y no pensaba: qué haría su padre cuando se enterara de que había pasado la noche fuera de la casa en brazos de un cazador Lesyar.

Ladomira se adentró en el oscuro bosque. Inmediatamente llegó la voz de Ohalnik:

—Dame tu mano. Te llevaré a la cabaña de Lesyar. De repente te pierdes.

Ladomira recuperó el aliento y volvió en sí: frente a ella había un lesyar, que se cubría con una capa.

Con decisión le dio la mano:

—¡Conduce!

Ohalnik soltó una risita.

—Virtud y amor para ti, como dice la gente.

Ladomira no respondió. En ese momento sólo pensaba en una cosa, en quitarse la camisa y caer en los brazos de Lesyar.

Ladomira y Ohalnik llegaron a la cabaña de Lesyar cuando la oscuridad cubrió por fin el bosque. Entre los árboles se veía la luz de una antorcha.

—¡Vamos! —dije: "Lo haré. Puedo caminar por el bosque con los ojos cerrados por la noche".

Ladomira miró a Ohalnik. En ese momento, su verde cabeza desgreñada y sus largas y puntiagudas orejas le parecieron a la muchacha, por alguna razón, especialmente atractivas. Se inclinó y besó a la lesa en la nariz. Olió la russula, al Leshy le gustaba especialmente comerlas. Durante la temporada de setas, las recogía y las secaba en su reserva.

—Gracias, —agradeció Ladomira. —Iré más lejos.

Leshy suspiró y se escondió en el bosque. La muchacha corrió confiada hacia su destino. Cuando se adentró en un pequeño prado en el que se encontraba la cabaña de caza, Lesyar se sentó en un tocón cercano a su vivienda y tensó la cuerda de un arco nuevo. Una antorcha ardía en un trípode de metal, iluminando bien todo el prado.

—Lesyar, —dijo ella. —He venido...

El cazador se estremeció y miró a la chica.

—¡¿Tú?! —exclamó, tiró el arco al suelo y corrió hacia Ladomira. —¡¿No tuviste miedo de venir?! No creyó sus ojos hasta que abrazó a la chica.

—Tenía miedo, mucho miedo..., —admitió Ladomira. —Papá se enfadará mañana. Bueno, dejemos... Ahora no me importa; sólo quiero estar contigo.

Lesyar, presa del deseo, tomó a Ladomira en brazos y la llevó a la cabaña.

A medianoche, Vila salió del bosque al prado y miró a su alrededor. La antorcha se consumía en un trípode. De repente, una risa de niña y la voz de Lesyar llegaron desde la cabaña. Vila se precipitó hacia la ventana, cubierta por una burbuja de toro. Pero no pudo ver a través de ella lo que ocurría en el interior de la cabaña. Entonces Vila se aferró a la puerta: no estaba cerrada desde dentro. El espíritu del bosque en la imagen de una hermosa doncella se deslizó sigilosamente hacia el interior de la vivienda y se escondió tras la cortina que separaba el diminuto pasillo de la habitación.

Vila vio un hogar encendido. Junto a ella, sobre las pieles, yacían desnudos Ladomira y Lesyar. Las trenzas color miel de la muchacha se esparcían por la piel del oso. Ella misma yacía, aferrada al pecho de un cazador, cansada de los juegos amorosos.

De repente, Vila sintió celos. Hasta ahora, no había dado importancia a su relación con el cazador. Además, la gente del pueblo no visitaba a menudo su cabaña, pues la fama del apuesto cazador, que sedujo a Knyaginya de Lutici, iba por delante de él. Ahora lo entendía: Lesyar estaba perdido para ella para siempre. Y ella no podía atraer al cazador con una multitud de mercuros de su pecho oculto.

Vila, tan silenciosamente como entró, salió de la cabaña. Volviéndose, escupió en la puerta, y quiso privar a Lesyar, como siempre, en venganza del poder masculino. Pero cambió de opinión y dijo:

—Llamo a todos los espíritus malignos como testigos. No habrá felicidad para Lesyar. Que el amor de Ladomira lo destruya....

Vila dio tres vueltas en su sitio, escupió por encima del hombro derecho y añadió:

—La llave, el «cerrojo» (promesa), que así sea...

Y se alejó.

Continuará...

Glosario.

Los que alaban a Prav: Prav es el mundo de los dioses de los antiguos eslavos.

Alatyr: es una piedra sagrada en la mitología eslava, situada en el centro del mundo en el que crecía el Árbol de la Vida, que conectaba el Cielo y el Inframundo.

Uslad: es el dios de la voluptuosidad, el vino y el desenfreno.

Badnyak: es un símbolo del año viejo entre los eslavos. Bozhich es un símbolo del año nuevo, una deidad solar. German es una deidad eslava asociada a la fertilidad. Dabog es una imagen mitológica de un rey en la tierra.

Zybog es un dios creador y creador. Ipabog es el dios patrón de la caza. Nemiz es el dios del viento.

Knyaz: gobernante de los antiguos eslavos

Troyan: es una deidad eslava con funciones oscuras.

Tarusa: el guardián de las arboledas sagradas, bosques, robledales.

Vatten: oraciones ofrecidas a los dioses.

Knyaginya: esposa del Knyaz, gobernante de los antiguos eslavos

Madre Swa, Diosa-Pájaro Swa: la diosa que tomó la forma de un pájaro de luz.

Sazhens: Más de 20 metros.

Verst: unidad rusa obsoleta de longitud, 500 sazhens (sazhen - sistema de medidas en la antigua Rus').

Leshy: Espíritu del bosque de los antiguos eslavos.

Piado: 17,78 cm

Knyazhich: hijo del Knyaz, análogo del príncipe

Traven: mayo.

Kumlenie: es una ceremonia de iniciación en el ciclo de fiestas de primavera-verano de los eslavos orientales y meridionales, así como una forma de unión de chicas o chicos jóvenes.

Los huevos de gallina, pintados de amarillo o rojo, simbolizaban el barco del dios Rod, que tenía la forma de un huevo dorado.

Mara (Morena): personificaba la muerte en la mitología eslava.

Jarilo: es el sol, el dios del sol.

Devana: es la diosa de la caza. A menudo se le atribuyen las funciones de la diosa Danu, que patrocinaba los manantiales, el agua pura, dando vida a todos los seres vivos.

Martsana: en la tradición eslava, un personaje mitológico femenino asociado a los ritos estacionales de muerte y resurrección de la naturaleza.

Magura: es la hija de Perun. En el campo de batalla, Magura animaba a los guerreros que luchaban. A los que morían en la batalla, Magura les daba a beber Surya de un cuenco de oro con forma de calavera. Después, los guerreros iban a la cámara celestial del cielo Vyraj.

Kuksha (arrendajo siberiano): es un ave de la familia de los córvidos.

Las Bereginias: se identificaban con el culto al bosque, y también se las consideraba deidades protectoras del bosque, de las plantas.

La bebida Surya: se menciona en el Libro de Veles. Probablemente se trata de una cerveza eslava antigua.

Polatias: estantes para dormir bajo el techo.

Izba: casa de madera tradicional eslava.

Desyatnik: comandante de diez guerreros

1 pood = 1 kg

Sotnik: Comandante de cien guerreros.

Terem: casa grande de madera (menos a menudo de piedra) de varios pisos cerca de los eslavos.

Knyazhna: la hija del Knyaz, o la esposa del Knyazhich, un análogo de la princesa

Sheaf: El último paquete se recogía de las últimas espigas en el campo. El corte de la gavilla iba acompañado de una serie de acciones y prohibiciones rituales. Los eslavos vestían una gavilla con ropa de mujer, utilizada para la adivinación, colocada en un rincón rojo. La última gavilla podía hacerse tanto después de la cosecha de invierno (centeno) como de primavera (avena). Para ello, en el campo o en el lindero, se dejaba una sección de espigas sin cortar, que se cortaba en último lugar. Era necesario segarla en silencio. Con el último paquete se realizaban diversas acciones rituales, incluida la adivinación.

Korchaga: es una gran vasija de barro.

«Llave, candado»: los antiguos eslavos —aseguraban— así los hechizos o las promesas.

Editorial Tektime

www.tektime.it

www.ingramcontent.com/pod-product-compliance
Ingram Content Group UK Ltd.
Pitfield, Milton Keynes, MK11 3LW, UK
UKHW041852190726
13854UKWH00002B/852

9 788835 433927